徳 間 文 庫

大久保家の人びと

天下動乱の父子獅子（おやこじし）

井 川 香 四 郎

徳 間 書 店

目次

登場人物

大久保彦右衛門　直参旗本。御書院番頭。十二人の子沢山。
千鶴　彦右衛門の妻。水戸徳川家の分家の出身。
龍太郎　彦右衛門の長男。海岸防禦御用掛。
香織　龍太郎の妻。
和吉　龍太郎と香織の長男。
拓馬　彦右衛門の次男。
猪三郎　彦右衛門の三男。
綾音　猪三郎の許嫁。
睦美　彦右衛門の長女。
弥生　彦右衛門の次女。嫁に行っている。
皐月　彦右衛門の三女。嫁に行っている。
水奈　彦右衛門の四女。浦賀奉行海防掛の佐伯虎ノ助に嫁いでいる。
文江　彦右衛門の五女。
葉月　彦右衛門の六女。

祥子　　彦右衛門の七女。
かんな　彦右衛門の八女。嫁に行っている。
とめ　　彦右衛門の九女。

檜垣左馬之助　大久保家の用人。
錦之助　左馬之助の息子。

一心佐助　　大久保家の中間頭。先祖は一心太助。

第一話　人を欺くなかれ

一

　恒例の大久保家総出による、菩提寺で先祖供養を終えてから、山門を出たところに妙な修験者連中が数人待っており、寒空の中、般若心経か何か分からぬ経文を唱えていた。

　当主の大久保彦右衛門が真っ先に踏み出ると、修験者の頭目らしき大柄な男が、

「必ずや災いが訪れます。全てを喜捨することによって、先祖は苦しみの地獄から救われ、現世に暮らす子孫たちを幸せにします」

　と唱えるように言った。

　ここは、白金氷川神社近くにある立行寺である。寛政年間に、旗本・大久保彦左

衛門によって創建され、寛文年間になって白金の地に移された。境内には鞘堂付の彦左衛門の墓もあるゆえ、大久保寺と呼ばれている。つまり、彦右衛門の先祖が眠る寺である。

その門前に、怪しげな修験者の集団が押し寄せてきて、喜捨という名目で「金を寄越せ」と言っているのだ。随分と横柄で、身の程知らずだと彦右衛門は思った。

子供や孫たちも山門内で、棒立ちで見守っている。

喪服姿の長男・龍太郎、次男の拓馬に三男・猪三郎……その後ろには彦右衛門の妻・千鶴、長女の睦美をはじめ、次女の弥生と息子の信之介、三女の皐月、続いて水奈、文江、葉月、祥子、かんな、とめ……らが、いずれも喪服でありながら武家娘らしく、凛然と立っている。

さらに後ろには、龍太郎の嫁・香織、その子の和吉、三男の許嫁・綾音、他に三人の小さな孫たちがいた。いずれも目の前の異様な修験者たちを見て、心配そうに身構えていた。

彦右衛門はさらに一歩踏み出て、

「おまえたちは、この儂が誰か知っておるのか。上様の御書院番頭。しかも泣く子も黙る天下のご意見番、大久保彦左衛門の……」

「いいえ」

　頭目格の男はあっさり首を横に振り、

「そこもとが誰であれ、身分の上下などには関わりなく、不幸は突然に襲いかかる。しかも、当主のそこもとだけではなく、一族郎党、地獄へと堕ちることになろう」

　と堂々と言った。落ち着いた肝が据わった声で、人の邪魔をしているという斟酌などまったくない態度だ。

「先祖供養ならば、今、ここの住職に頼んでしてきたところだ」

「紛い物の読経や厄払いでは、そこもとたちの不幸を滅することなどできまい。代わりに、拙僧が邪悪な霊を除いて、そこもとたちにも多大な恵をもたらせてやろうではないか」

「あいにく、我が大久保家は平穏無事、見てのとおり大家族だが、幸せに暮らせておる。これもご先祖様のご加護があってのこと」

「そのご先祖たちが地獄で苦しんでおるのが見えぬようだな。凡人ならば、さもありなん。されど、この寺も含めて、江戸市中が得体の知れぬ妖気に包まれておる。しかも、この白金の地こそが、災いの中心。上様でも如何ともし難い災いが江戸に飛び散るであろう」

白金という地名は、室町時代の応永年間に、この地を開墾した南朝の豪族・柳下上総介に由来する。莫大な銀が掘り出されたために、白銀長者と呼ばれたそうだが、それは伝説であって、元々、柳下という豪族が大金持ちだったので、城と見紛う大きな館があったという。

江戸時代になってから、白金台と定着し、町屋が並ぶようになった。白金長者とよばれた柳下一族は、幕末である安政の今でも白金台町の名主として存続している。ゆえに、この地を長者丸と呼ぶ者もいた。

「それにあやかって、大久保家も黄金がザクザクと言いたいところだが、この大所帯なのに千石の旗本に過ぎぬ。ふはは」

彦右衛門は大きく胸を張って、修験者姿の一同を見廻しながら、

「だが、清貧は美徳が家訓の第一。節約に長けているのでな、多少の不自由があっても、みんな幸せじゃ。それもご先祖が守ってくれてのこと。おぬしらのような、怪しげな輩に祈禱して貰わずとも、見てのとおり健在じゃ」

と朗々と述べると、頭目格の男の表情がわずかに強ばった。

「我ら修験者を怪しげな輩と申すか」

「そうやって反抗的な目になることが、もはや怪しい。この大久保彦右衛門、しつこ

く自慢するが、〝天下のご意見番〟の子孫であり、今をもって城中では、幕閣を差し置いて、上様にも意見できる身である。比叡山や高野山の高僧にも直に何度も会うておるのでな、人品骨柄は一目で分かる……さあ、道を空けるがよい」

　威圧するわけではないが、彦右衛門の風格は修験者たちが硬直するほどだった。

　長男の龍太郎が傍らに立って、

「――という訳だ。この爺さん、懸命に穏やかに話しておるが、一度、噴火すると富士山の比ではない。ささ、念仏なら他に行って為されるが宜しかろう」

　と生真面目な顔で言った。

　それでも修験者たちは意地でも立ち去りそうになかった。もしかして、単なる除霊祈禱ではなく、他に意図でもあるのかと、龍太郎は勘繰った。頭目格の男の顔にも異様なほどの怒りが浮かんでいるように見えた。

「貴様ら、能なしの幕閣がのさばっているから、諸国の領民は重い年貢に喘ぎ、自分たちが育てた米ですら食えないのだ」

　ハッキリとした声ではなく、不満を嚙みしめるように、ぼそぼそと洩らした。

　そこに――大久保家の用人・檜垣左馬之助がおぼつかない足取りで駆けてきた。息も荒々しく、今にも倒れそうだった。

「と、殿……一大事でございまする……と、殿……彦右衛門様ッ」

　大久保家の先代から仕えている高齢だから、仕方がないことであろう。彦右衛門とは主君と家臣というより、竹馬の友のような感じだ。檜垣には錦之助という息子がいるが、屋敷内に引き籠もって、あまり人前には出ず、奉公勤めもいい加減である。

「駿河台の屋敷から、ここまで駆けてきたのか、檜垣」

「いえ、途中までは駕籠を雇いまして……そんなことより、我が家の屋敷の前に妙な……」

　と言いかけて、檜垣は改めて立ち並んでいる修験者たちを見た。そして、ギョッと身を反らせ、手にしていた扇子の先を突きつけ、

「こやつらと同じ形をした者たちが、ざっと三十人ばかり、屋敷に押し寄せてきて、当主を出さねば屋敷に火を放つと大声で恫喝してきております。家来の高橋や佐々木、小松らが追っ払っておりますが、一触即発でして」

　恐れるような震える声で、檜垣は申し述べた。

　明らかに大久保家を狙った、あるいは公儀に異を唱える一団の仕業だと察した彦右衛門は、改めて頭目格に目を向け、

「どうやら端から儂に用があるようだな。名を名乗れ」

と声高に命じた。

頭目格はしばらく黙していたが、目の奥をギラリと光らせて、

「拙僧は寛仁という密教の修験者に過ぎぬが、そこもとの屋敷に出向いておるのは、この国の汚れをなくして、極楽浄土をお作りになる空最様だ」

「くうさい……まるで屁のような名だな。臭いの洒落か。聞いたこともない」

「愚弄するか。空海と最澄が合体して生まれ変わった高貴な御仁で、貧困や飢餓、腐敗がはびこる世の中を救うために、現世に現れてきて下さったのだ」

目を見開いた頭目格は、誰がどう見ても頭がおかしいとしか思えなかった。だが、寛仁という頭目格はまったく悪びれることもなく、魔性を帯びた眼光を放ちながら言い放った。

「空最様の力によって、この江戸の地に霊験あらたかなる荘厳な寺を建立することになった。まずは、悪霊が根付いているこの寺を、我らが手で建て直すことが、御仏によって決まっているのだ」

手にしていた錫杖を、寛仁はジャランと打ち鳴らし、

「我らを舌先三寸の騙り呼ばわりした、大久保家一族はいずれ後悔するであろう」

と怒鳴った。その声に、近在の者たちや通りがかった人々が野次馬となって留まり、

して、

異様な情景を眺めていた。頭目格は群衆を意識するかのように、さらに声を高らかに

「よいか、聞け！　この世に聖人君子などはひとりもおらぬ。人は誰もが罪を背負って生きているのだ。そのほとんどは先祖から受け継いだ悪しき罪だ。おまえたちの罪ではない。先祖の罪から救われたければ、さらに先祖の霊を慰撫したければ、心に己の罪を思うて反省し、あらゆるものを寄進せよ！　ならば、空最様はおまえたち愚かな民の罪を一身に引き受け、身代わりとなって業火の中に身を投じて、果ててしまうお覚悟だ！」

密教の護摩供養によって、高僧が自ら犠牲となり、除災招福を唱え、本尊と行者が一体となることで、この世の中の災禍を沈静するのだと、寛仁は宣言した。

彦右衛門たちは黙って聞いていたが、次男の拓馬は鼻で笑い、

「そんなことで災禍が消え去るのならば、とうにこの世は極楽が実現しているはずだ。燃えているのはただの木材、もし身を投じたら大火傷をして死ぬだけだ」

と言った。

算学が得意で、医学や天文学を深く学び、西洋科学に造詣が深い。部屋の中は様々な〝カラクリ〟の実験場となっている拓馬にとっては、修験者の屁理屈など戯れ言に

過ぎなかった。仏教を信じている他の子供たちも、かような過激な修験者の言い分は、世直しという名目で世の中を混乱させたい輩の妄念にしか思えない。

だが、寛仁は錫杖をさらに強く振り廻しながら、

「信じないのは愚か者だ。ならば、三日後の暮れ六つ。まさしく、この寺の門前で、空最様がこれまで説法を通して、皆の衆へ約束したことを果たしてみせよう。我らが空最様の悲願のため、そして生きとし生ける者たちが煩悩から解脱するため、身を焼いてみせよう。そのために寄進を為すがよい！　我らは仏と一体となって、衆生の苦しみを解き放ち、おまえたちの生涯を守ってやろうぞ」

と言うと、他の修験者たちも錫杖を鳴らし、声を揃えて呪文を唱え始めた。すると、野次馬の中には取り憑かれたように拝みながら、財布や金を投げ出す者もいた。

その異様な光景を、大久保家の人々は呆れ顔で見守るしかなかった。

二

ところが三日後の夕暮れ、大久保寺の門前の空き地は、予想外の大勢の人々で埋め尽くされていた。

この間、江戸市中を練り歩いた空最なる高僧と修験者たちが、商家や長屋の人々に喜捨を求め、我が身を犠牲にすると訴えたのが功を奏したようだった。

「呆れたものだ。江戸にはお人好しが多いのかねえ」

「まったく浅はかな連中だ」

「本当になあ、不幸になると脅されて金を出す奴の気がしれん」

「鰯の頭を信心する方がマシじゃねえか」

「嘘やでまかせとは思えない。そうなら諸国を廻っても相手にされなかっただろうし、などと、まったく信じない者もいれば、

寄進が集まるわけがない」

「江戸中を辻説法して歩く姿は、なかなか立派だった」

「うちの亭主の病をすぐに治してくれたよ」

「空最さんに託されたお金はもう一万両を超えているとの評判だしねえ」

と信じる者もいる。

胡散臭い話だと思う人の方が圧倒的に多いのだが、大久保寺の門前に集まった者たちは信心深いのか、あるいはただの野次馬なのか何が起こるのか興味津々に見ていた。

詰めかけた群衆の前の空き地には、井桁に組まれた大きな櫓のような台座が作られ、

その上に紫色の僧服を着た空最が鎮座していた。丸坊主でハッキリと顔が見えるが、立派な目鼻立ちで、大きな耳をしている。分厚い唇は意志の強さを感じ、いかにも高僧という雰囲気だった。

その顔を、彦右衛門の次男である拓馬が家来数人と共に見守っていた。大久保寺からも僧侶が数人、門内に立って見物している。

井桁の台座には枯れ枝や藁束などが掛けられており、その周りには燃えさかる松明を手にした寛仁ら門弟の修験者たちが、真剣な顔つきで呪文を唱えている。近付きがたい高貴な場にすら感じる。

空最は悠然と群衆を見廻しながら、

「まさしく逢魔が時である。されば別れの時がきた」

と澄み切った声を発すると、漂っていたどよめきが静寂に変わった。空最はひとりひとりの顔を眺めるように、

「みなの尊い喜捨によって、一万両を超える金子が集まった。その金によって、この地に新たな荘厳なる寺が築かれるであろう。それこそが救済の寺。そして必ずや、現世の地獄から極楽に変えてくれようぞ」

と空最は確信に満ちた顔になった。喜怒哀楽はなく、まさに清々しい表情で、

「もはや思い残すことはない。拙僧は仏との約定どおり、この世の衆生の罪業を背負って、あの世に参る。さあ、火を放つがよい！」

目を閉じると合掌をした空最は、「さらばじゃ、皆の衆！」と声を発してから、静かな声で読経をし始めた。

それが合図となって、寛仁が藁束に松明の火をくべると、他の修験者たちも一斉に火を放った。一瞬にして、炎は燃え上がり、空最の姿が見えなくなるほど大きくなった。

人身御供となった空最の姿を拝みながら、ただの野次馬たちも息を呑んで、思わず手を合わせ始めた。

拓馬は引き連れた家来の高橋や小松とともに傍観を決め込んでいたが、炎があまりにも巨大すぎて近付くことができなかった。

すると――ほんの一瞬、ニヤリと笑った空最の姿が、さらに大きくなって炎に呑み込まれるように消えてしまった。

「なるほど……そういうことか」

拓馬もニンマリと笑って、傍らの高橋たちに言った。

「あの胡散臭い空最とやらは、死ぬ気など毛頭なかろう。何故に、かような大袈裟な真似をしたかは知らぬが、おそらく多額の喜捨をさせておいて、体よく姿を消す段取りなのだろう」

「ということは、拓馬様……」

　高橋と小松がさもありなんと顔を見合わせると、拓馬は説明を続けた。

「炎と煙に身を隠して、空最とやらはあの井桁の台座の中で地面に降りたのだろう。その下の地中には、隠し部屋なり抜け道があって逃げるに違いない。そして、焼け落ちた台座の跡を、修験者たちが調べるふりをして、何処かの墓から盗み出してきた人骨でも置いていているに違いない」

「されば私たちは……！」

　拓馬たちは逃げ道を探すために、群衆から抜け出し、空き地の裏側に向かって駈けて行った。

　その時である。

「うわあ！　熱い、熱い！　ひええ！　助けてくれえ！　おおい、誰かあ！　開かないぞ！　熱い熱い！」

　悲痛な叫び声が轟いた。野次馬たちは何事かと思うと同時、やはり空最とて生身の人間だから、炎に包まれて悶絶しているに違いないと判断した。畏れながらも、人々

は必死に掌を擦って、

「どうかどうか、成仏して下さいまし」

と唱えるのが精一杯だった。

だが、修験者たちはまったく動揺を見せず、炎の地獄に自ら堕ちていった空最を崇めるように呪文を唱えていた。

それでも、悲痛な空最の声は群衆の耳をつんざくほどの大声になったが、それに伴い修験者の呪文の合唱も大きくなっていった。まるで空最の断末魔の声を封じるかのようだった。

やがて、空最の声は掻き消されるように薄くなり、まったく聞こえなくなった。同時に、台座は完全に崩れ落ちたものの、燃え盛る炎は天をも焦がさんばかりの勢いだった。

拓馬は舞い上がる黒煙を見上げながら、

――妙だな……。

と不安が広がるのを止めることができないでいた。

その夜――。

駿河台の大久保家屋敷に戻った拓馬は、彦右衛門に事の子細を伝えていた。

台座の焼け跡からは、想像したとおり、焼けた人骨が残っていた。修験者たちは空最の聖なる遺骨だということで、丁寧に拾い上げて壺に入れて持ち去った。

「つまり、拓馬……おまえの考えどおりだとすれば、空最はまんまと逃げ去り、死んだと見せかけるために細工した証拠の骨も、人々に見せた後に消したということか」

彦右衛門が疑問を呈すると、拓馬は首を傾げながら、

「必ずしもそう思えない節があります、父上」

「ほう。おまえのことだ。大がかりな見世物の裏に何かあると見抜いたか」

期待する目で彦右衛門が言った。

「ええ、実は護摩焚きのような井桁の櫓が燃え落ちた後、修験者たちは焼け残った空最の骨を拾い始めました。まるで仏舎利を集める弟子たちのようでした」

「仏舎利、な」

「俺が近付こうとすると、空最が亡くなったばかりの聖なる地だから、凡夫は近寄るなと寛仁は制したのですがね、俺は大久保家の菩提寺の真ん前の異変ということで、強引に踏み込んだのです」

拓馬は事と次第では斬る気迫で修験者たちに迫ると、寛仁は仕方がないという態度

で見守っていた。

「ですが……俺が考えていたような仕掛けは見当たらなかったのです。ただ猛火に焼かれた死体の骨が残っていただけ」

「つまり、隠し部屋や逃げ道はなかったと」

「そうです。やつら修験者たちが骨を拾って立ち去った後も、隈無く調べてみましたが、ただの焼け野原に過ぎず、空最が逃げる仕掛けなどは……」

なかったと拓馬は首を横に振った。彦右衛門も唸って腕組みをし、

「まさか本当に空最が死んだとも思えぬが……」

「それを疑って骨をひとつ拾って持ち帰って調べてみましたが、何処かから持ってきたものではなく、まさしく死んだばかりの人間の骨に間違いはありませんでした」

「分かるのか、そんなことが」

「これでも、父上の命令で何度も、色々な死体の検屍に立ち会ってますからね」

「そうじゃのう。では、空最は本当に焼け死んだのか……しかし、おまえは裏があるというのであろう。どうやって、空最は生きているのだ。何処に逃げたのだ」

彦右衛門の疑念が膨らむと、拓馬は確信したように頷いて、

「空最は死んでいると思います。ただ不思議なことに、井桁の櫓の焼け跡の下には、

少しだけ柔らかな土地がありました。つまり、一度は掘ったのだが、埋め直したと考えられるのです」

「どういうことだ……」

「おそらく空最は、逃げ道があると思って炎に身を包まれた。けれど、抜け道が塞がれていた。だから、俺の聞き違いでなければ、空最の断末魔の叫び声には、『開かないぞ！　熱い熱い！』……つまり、あの叫び声は、何者かに抜け道を塞がれたと察した、空最の絶叫だったのでしょう」

「謀られたのか……つまりは空最を操っていた者がいたということか」

「本当の僧侶かどうかも怪しいものです。調べてみる必要がありそうですね、空最のことも」

拓馬が曰くありげに言ったとき、

「空最様が何ですって？」

と声があって、長女の睦美が座敷に入ってきた。

行き遅れにしては妙な色香が漂っているものの、態度は如何にも長女らしい険しいものがあった。顔や姿、振る舞いなどが厳しかった亡き祖母に似ている。ゆえに、彦右衛門も少しばかり苦手なのである。

「――睦美……見ておったであろう。あの珍妙な修験者の一団はとんでもないことを、しでかしおった」

「珍妙だなどと、なんて罰当たりな」

睦美は大切そうに、小さな絹の袋を懐から出すと、中身を出して見せた。それは白く細いもので、彦右衛門には何か分からなかったが、拓馬は一目で人骨だと見抜いた。

「それは……！　姉上、どうして、さようなものを」

「空最様の遺骨でございます」

「な、なんと……まことか、睦美……」

驚いたのは彦右衛門の方で、その理由を尋ねると、睦美は当然のように答えた。

「前から私は、空最様を信心しておりました。まさか自らの身を犠牲にするとは思ってもいませんでしたが……ほんに尊い御方です」

「何を言い出すのだ、睦美……おまえは頭がおかしくなったか。あの空最という奴は、御公儀でも正体不明の怪しい輩と見て、密かに探索をしていたのだ。そんな奴を信心していたなどと……」

彦右衛門が苛つきながら言っても、睦美は平然としており、淡々と返した。

「きちんと比叡山で千日廻峰行をされた方でございます。その後、霊峰白山にて十二年も籠もり、多くの弟子や信者を従え、諸国を巡って仏国を作るべく行脚していたのです」

「馬鹿馬鹿しい。大丈夫か、睦美……まさか、その遺骨を買わされたのではあるまいな」

「はい。十両で分けて頂きました。どのようなお守りよりも霊験あらたかです」

「おいおい……まさか大金を寄進していたのではなかろうな」

「大丈夫です。空最様は世間で言われているとおり優れた仏僧で、騙り紛いの一味とは違います。先祖供養のために、そして先祖の罪を払い除け、今生の私たちの身も清浄して下さる茶壺や掛け軸などを貰い受けました」

「貰い受けた……？」

「喜捨の返礼品でございます」

「な、なんと」

「空最様の念の入った茶壺に入れていた茶葉のお陰で、父上も壮健ではありませぬか。空最様がしたためて下さった我が家の家訓の掛け軸によって、大久保家も安泰でございますよ」

「仏間の掛け軸は空最が……？」

「はい。私が五十両にて執筆願いました。格安です」

「格安って……大根の投げ売りではないぞ」

「本来なら、百両は下りませんので、もっとも、このお金は長年貯めていた嫁入り道具を買うために、父上から頂いていたものですが」

「馬鹿か。本来の値などあるものか。おまえは騙されているのだ」

「何をおっしゃいます。父上とて、ご先祖の戒名代は払っていましょうし、毎年の家内安泰の御札を頂いているではないですか」

「そんな大金を払ってはおらぬ。小遣い程度のものだ」

「金の大小ではありません。人は自分が信じるもののために、出来ることのすべてを奉じるのです。空最様は命まで仏に捧げました」

疑うことのない澄んだ目の睦美である。見ていた彦右衛門と拓馬は呆れるというより、ぞっとした。

「おまえ……本気で言っておるのか」

彦右衛門は今一度、真剣なまなざしになって訊いた。

「はい。私は大久保家の長女として、嫁にも行かず、誠心誠意、御家第一にと尽くしてきたつもりでございます。異国が押し寄せてくる危うい当世にあっても、父上と母上、そして十二人の兄弟、その嫁や夫、孫たちが無事息災に暮らせるよう、毎日毎日、拝んでおります。これからも続けますので、ご安心下さい」

「そんなおまえが一番、心配だ」

「大丈夫です。私は空最様に見守られておりますから」

小さな遺骨の入った絹の袋を掲げて、微かに笑みを洩らした。

「それに父上……大奥では、御年寄の瀧山様も空最様を信心しておりました。あの御方こそが、この世に現れた御仏であると」

「まさか、そのようなことがあるか」

彦右衛門は鼻で笑った。

瀧山とは大奥で一番の実力者である。十一代将軍・家斉の治世に、わずか十四歳で大奥に上がり、十二代・家慶に仕え、その四男・家祥付御年寄に昇進した。そして先頃、家慶が、まるでペリー来航が原因かのように暑気にあたって急逝した。還暦祝いの直後である。

将軍を継いだ家祥は家定に改名し、瀧山はそれに従って、将軍付御年寄として本丸に移っていた。

ちなみに瀧山は後に、十四代将軍・家茂も御年寄として支えることとなる。つまり激動の時代の将軍四代に仕える猛女である。何事にも厳しいとの評判で、それゆえ御中臈ら他の大奥女中に疎んじられていると噂されていた。

「瀧山様が空最を……さような話、聞いたことがないぞ」

「おや、ご存じない？」

睦美は意外な目を向け、真摯な態度で、

「父上が奥向きに詳しくないのは致し方がないことです。でも、瀧山様が、京の尼寺は寂光院の月光尼様と昵懇であらせられることは、ご存じでございますよね」

「ああ。それが、どうした」

「月光尼様と空最様も同じ道を説く者として、男女の隔てなく交じわっていたとか」

「知らぬ。初めて聞いた。それに寂光院は平家由来の寺だ……源氏の徳川家とは何かと添わぬと思うがな」

「そんな狭量なことは父上らしくありません。月光尼様は京のお公家、九条貴子姫とお目にかかり、空最様が造営なさる寺のために、わざわざ江戸に来て下さるとのことです」

「な、なんだと……!? 馬鹿も休み休み言え。九条様と言えば、五摂家筆頭の近衛家と並び称される格式高い家柄だ。その貴子姫が江戸に来るなどと……しかも得体の知れぬ坊主の寺なぞに……」

と言いかけた彦右衛門に、睦美は少しばかり形相を変えて、

「そこまで言うとは、父上とて聞き捨てなりませぬ。公家の姫君が、月光尼様と一緒に、瀧山様に会いに来て下さるのですよ。しかも、徳川の天下安泰のために」

「さようなこと、上様からも聞いておらぬ」

「この国がひっくり返るかもしれない一大事の世の中です。父上はいつも世の中のために働いて、人々の安寧を願っているではないですか。瀧山様、貴子姫、月光尼様……そして私も同じ気持ちです。女の身でありながらも、みんな、この国の行く末を思うておるのです」

取り憑かれたように必死に訴える睦美の顔は、まさに能面の狂女のようだった。

三

日本橋大通りの一角に、『泰平堂』という読売屋があった。間口五間のそこそこ立派な店構えで、大勢の瓦版売りが出入りしていた。

大久保家の中間頭・佐助がよく立ち寄る所だった。庶民の暮らしぶりや世相を垣間見るためである。

熊のように大柄な佐助だから、姿を現すだけでも、瓦版売りや客たちに威圧感があったが、物腰や表情はいかにも江戸っ子らしく、親しみ深い。だからか、女店主の舞衣からも信頼されていた。なにより、大久保家の家中であり、先祖はかの魚屋・一心太助というのだから、正義感に溢れていることに好意を抱いていた。

舞衣は三十路を超えているものの、必ず男衆が振り返るほどの美貌である。にも拘わらず、自分の意思や考えが正しいと思えば、梃子でも動かない頑固さがある。

佐助は配られている瓦版を見ながら、

「女将。大変なことが起こったな」

と声をかけた。

大きく頷いた舞衣は、なじみ客として佐助を帳場近くに招き、

「ほんに驚き桃の木です。空最様はこともあろうに、大久保家の菩提寺の前で炎に包まれて、御仏に身を捧げたとか」

と溜息交じりで言った。

瓦版には、空最の功績や人柄に触れながら、欣求浄土を実践してきたことや、此度

の犠牲について詳細に書かれていた。加えて、焼けた空最の骨はまさに仏舎利扱いで、信心深い人に分骨されることも述べられている。それを読んだ〝俄信者〟が押し寄せて、大金を払ってでも手に入れているとのことだった。

「うちの睦美様……ご当主の長女がやはり十両も払って譲り受けてるんでさ。掛け軸には五十両も！」

「ええ……？」

「まさか、女将さんまで犠牲になってやしやせんよね」

意味ありげに尋ねる佐助に、舞衣は〝犠牲〟という言葉が気になった。

「何か裏でもあるんですか」

「さすがは舞衣さん。俺が惚れた女だけのことはある」

「どさくさに紛れて変なこと言わないで下さいな」

「本気でやす。そのために俺もごらんのとおり、これを身に付けてやした」

佐助は首に掛けていたお守り袋を見せて微笑んだ。

「いつか必ず、舞衣さんと夫婦になれるようにって、空最さんに祈禱して貰ったんです。もっとも護摩焚きのとき、大勢の人々に混じってですがね……それでも二朱銀を払ったから、俺には大金でさあ」

「おやまあ。それはご愁傷様」

「他人事みたいに言わないで下さいやし。なのに、これがまやかしだなんて、俺は今でも信じられやせん」

「まやかし……？」

舞衣が小首を傾げると、佐助は暑苦しいくらい大きな体を近づけて、

「だって、主人の彦右衛門様の話じゃ、死んだのは嘘だってことです。あ、いや、嘘じゃない。本当に死んだんだけど、それが偽りで、誰かの罠にはめられて、空最様は殺されたんだって、うちの次男坊の拓馬様が……」

「どういうこと……詳しく話して下さいません？」

「へえ。ようござんす。でも、ひとつだけ条件がありやす」

「なんなりと」

「あっしと鰻でも食いにいって下せえ」

男女が共に鰻を食べるのは、理無い仲の証だと言われている。だが、舞衣はあっさりとふたつ返事で受けた。

「本当にいいんですかい？」

「読売屋に嘘偽りはないわ。但し、佐助さんの奢りですよ」

「そりゃもう。合点承知の助でさあ」

意気揚々として、佐助が舞衣と一緒に大川沿いの料理屋を訪れたのは、仕事が一段落してのことだった。

川風が心地よい時節とはいえないが、二階座敷からは、遥か遠く筑波の山の端には白いものが見える。振り返って富士山を見ると、山頂はすっかり雪に覆われていた。

その片隅に陣取ったふたりは、仲のよい夫婦のように小声で話していた。

「――そもそも、自分が背負い込んだ罪を他人に振り替えて償って貰おうなんて、そんな魂胆が間違ってるわよ」

少し興奮気味に舞衣が文句を垂れると、佐助も頷きながら、

「でやすよねえ。しかも先祖の悪行までチャラにしてくれるなんて、到底、信じられることじゃねえ。考えてもみなよ。誰でも二親がいるが、十代遡れば千人、二十代遡れば十万人以上いる。その中には、どうしようもない奴が必ずいるだろうし、先祖みんなの罪業を消すなんてこと、できっこねえ」

「そうよねえ」

「でも、こうして、俺も頼っちゃったんだよなあ」

とまたお守り袋をチラリと見せた。

「この金がありゃ、吉原は無理でも深川あたりで、そこそこいい女にありつけたのに。おつりが来て、帰りに一杯飲めた」

「ちょいと、私と夫婦になるためじゃなかったのかい」

「そりゃそうですが、女将さんも冷たいしよう……」

鰻が焼き上がるまで、肝煮込みを肴に酒を飲み過ぎたようだ。酒好きの佐助でも、目がとろんとなりかけていた。

「へへ。女将さんがいい女過ぎるからですよ」

「いい加減にしなさいな、佐助さん。たかが二朱くらいのことで、そんな図体の大きな男なのに、みっともないよ」

「へへ、どうせ俺はみっともねえ奴で、この体なのに、相撲を取っても負けた数は勝った数の倍以上。とほほ……」

「泣き上戸だったのかい。私が一番嫌いな男の姿だ」

「騙し取られたあっしの身にもなって下さいよ。可哀想な佐助ちゃん」

「ちょいと……」

「睦美様なんか、仏舎利だけで十両。他にも茶壺だの掛け軸だのと色々、幾ら払ったか自分でも覚えてないってんだから、情けないじゃありやせんか。しかも大久保家の長女が、笑いものだよ」

佐助は酒を手酌で飲みながら、まるで憂さ晴らしのように、空最の教えを述べた。

むろん舞衣も知っているが、佐助は睦美から、空最の集まりに出向いたときのことを詳細に聞いてきたのだ。

初めて睦美が浅草寺の裏手にある円照寺に出向いたのは、三月程前だった。まだ残暑の厳しい折で、蒸し暑い夕暮れだった。

円照寺は破れ寺同然で、しばらく住職が不在だったはずだが、本堂には溢れんばかりの人が集まっていた。睦美が訪ねたのは、前々から知り合いだった、とある旗本の奥方に誘われたからであった。

丁度、その折、長男の龍太郎が海岸防禦御用掛に任命されて、伊豆下田に出向いて大変な目に遭ったり、その息子の和吉が足に大怪我をしたりしたことが重なっていた。大久保家の長男とその跡継ぎが災難に見舞われたことで、睦美は、

——なんとかせねばならぬ。

と気負っていたのだった。そんなとき、空最の祈禱によって救われたと、繰り返し睦美は話したという。

「主人の彦右衛門様や龍太郎様、拓馬様、三男の猪三郎様は元より、娘たちもみんな

らいだから、ちょいと付き合ったんです」

睦美様の話には耳を傾けなかったそうです。けど俺はほら、このお守りを信心するく

　佐助は、ここぞとばかりに話をした。

「この乱れた世の中を救うために、仏様が現れた。空最は仏陀の生まれ変わり、この国に沢山ある仏教の宗派をひとつにするらしい。真言宗も浄土宗もなく、ただただひとつに纏まることの教えを、仏陀より授かったらしい。争い事は人の欲望から発しているが、時に考えの違いや思惑の擦れ違いからだ。そうなるのは、真の仏を知らずして、人が勝手に解釈しているから。それこそが堕落した人間の証なのだ……と空最は教えたらしい」

「空海と最澄を合わせたような名の方が、怪しいけれどね」

「でも、空最の教えに従うことで、無数にいる先祖の罪業が消え、それが消えると現世の人々が幸せになり、そして子孫も救われて平穏に暮らせる。昨日の自分よりも今日の自分、今日の自分よりも明日の自分が少しずつ、仏の教えに近付いていく……らしい」

「そんなこと言われなくても、毎日、何かに精出して、手抜きをせず、不平不満も言わずに働いている人なら分かってることだけどね。そんな真面目な人たちから、金品

を取り上げることが、なんで喜捨なのかねえ」

　舞衣は呆れ顔になったが、佐助は睦美に教えられたことを、さらに続けた。

「人は、天道、人道、修羅道、畜生道、餓鬼道、地獄道という六つの世を、永遠に輪廻すると言われてるけれど、人道は愛別離苦、怨憎会苦、求不得苦、五蘊盛苦から逃れられず、天道に行ったとしても、衣服垢穢、頭上華萎、身体臭穢、腋下汗流、不楽本座の五つの苦しみから死に至るらしい……楽するのに飽きて苦しむってんだから、人間てなあ、本当にアホだな」

　一気呵成に述べた佐助を、睦美はまじまじと見つめて、

「佐助さんて、意外と物知りなんだねえ」

「違うよ。睦美様に教えられただけ。意味なんてよく分からねえ。でもよ、大勢の人々が納得して、有り金をぜんぶ渡すってんだから、そっちの方が分からねえ……もしかしたら、みんな幸せ過ぎて、不楽本座という楽することが、退屈で苦しんでるってことかな」

「かもね……人って、自分だけが楽したり、幸せだったりすると、後ろめたくなるから、そこに付け込んでるのかもね」

　睦美がさらに呆れ返ったとき、窓の下の土手道から、チリンと鈴の音が聞こえた。

ふたりが見下ろすと、墨染めの衣を纏った雲水姿の男がいた。他にも、ふたり雲水を従えている。

「なんだい、ありゃ」

佐助が呟くと、頭目格の雲水が、

「巡礼の御喜捨を……南無阿弥陀仏、南無阿弥陀仏……」

と唱えて、また鈴を鳴らした。勝手口にいた店の板前が野良犬のように追い払おうとした。それでも、同じ文言を繰り返している。

「修験者の次は雲水かよ。世の中が不景気になると、変な輩ばかり湧いてきやがる」

佐助は手すりから身を乗り出して、

「おい。おまえも空最の仲間か。こちとら空っケツで、ご喜捨どころじゃねえやな。帰った、帰った。折角の鰻が不味くならあ！」

と怒鳴りつけると、舞衣は逆に丁寧な物言いで、

「よしなさいよ。バチが当たるよ……相済みません。この人は信心がなくて。投げ銭で悪いけれど、ほんのわずかですが、どうぞ」

手際よく懐紙に小粒を包んで、雲水の托鉢の椀に、ひょいと投げ込んだ。二階の手すりから見事な〝命中〟であった。

雲水は吃驚したように笠をずらして、見上げると、

「ありがとうございます」

と野太い声で礼を言った。チラッと見えた顔は僧侶や雲水というより、武芸者のように厳しい目つきに見えた。

後ろに控えていた他の雲水が、手にしていた五寸四角ほどの木箱を差し出し、

「お札に受け取って下され。御利益あらたかな不動明王の護符箱でござる」

「お不動様……」

「さよう。どうか、お納めの上、今日より半月の後、すなわち晦日の夜、暮れ六つを期してお燃やし下され。されば炎と共に、不動明王が御臨降なされ、悪鬼悪霊をたちどころに追い払って下さいましょう」

「ああ、そうですか……だったら店の人に預けて下さいまし。大切に致します」

舞衣が笑うと、雲水らはまた一礼をして、板前に木箱を預けて、隣家へと向かっていった。その姿を見送りながら、

「——舞衣さん。言ってることと、やってることが違うじゃねえか、投げ銭だなんて」

「なんだか怪しいと思ったからよ」

「怪しい……」

「だって、不動明王といえば真言でしょ。南無阿弥陀仏はないわよ。きっと何かあるに違いないわね」

読売屋らしく事件を嗅(か)ぎ取ったのか、舞衣がクスッと笑ったとき、雲水に貰った木箱と一緒に、女中が鰻の重箱を運んできた。

「ふわあ……もういい匂いがする……たまらんなあ……」

佐助はすぐにも蓋(ふた)を開(あ)けて、鰻の蒲焼きに食らいついたが、舞衣は護符で封印された木箱の方をじっと見ていた。

四

翌日、いつもは引き籠もり同然に、自分のカラクリ作りや実験をしている拓馬だが、高輪(たかなわ)の大木戸近くの旅籠(はたご)を訪ねていた。ここに、空最の門弟たちが逗留(とうりゅう)しているとの調べがついていたからだ。

だが、空最が人身御供になってからすぐ、退散したとのことだった。

「なんだと、もういないのか。修験者たち、みんながか」

さすがに拓馬も呆れ果てていた。

対応に出ていた店の主人は、自分は空最を信心しているわけではないがと前置きし、

「亡くなられた空最様の菩提を弔うために、諸国行脚に出るとのことでした」

と説明した。

「諸国行脚な……おまえはさようなことを信じているのか」

「と申しますと？」

「空最はたしかに死んだが、あれは自ら犠牲になったのではなく殺された節がある」

「そんな馬鹿な……」

主人はそう言いながらも、曖昧な笑みを浮かべた。拓馬はその顔を凝視して、

「俺は理屈が通らないことには、たとえ神仏のことでも納得できない気質でな。空最が死んだからといって、世の中が平穏無事になるのが何故か、サッパリ分からぬ。おまえには理解できるか」

「え、まあ……なんとなく……」

「金は貰ったのか。もちろん宿泊代だ」

「ええ、それはもう過分なくらい」

「ここに来る前に近在の者たちから聞こえてきたのだが、毎晩のようにドンチャン騒

ぎをしていたそうだな。とても修験者とは思えぬくらいの」

拓馬が顔を覗き込むと、主人は伏し目がちになったが、

「ええ……そういう日もありましたかね」

「毎晩だ。おまえからしたらうるさかっただろうに。酒屋から運び込んだ樽酒も半端な量ではなかったそうな。つまりは生臭坊主同然の奴らってことだろう」

「私にはなんとも……」

困ったように俯いたままの主人の肩を、拓馬は軽く叩いて、

「おまえを責めているわけではない。だが、俺の親父は大久保彦右衛門という上様側近の旗本でな。奴らのことを不貞の輩として追っているらしいのだ。もしかして、おまえも仲間だとしたら、偉いことになるな」

と脅すような口調で迫った。

「いえ。と、とんでもありません……私は宿をお貸ししただけです。たしかに、修行僧らしからぬ振る舞いで、女を呼べなんてことも言ってましたが、私は断りました」

「それは良い判断だったな。で、そいつらは何処へ向かったのだ」

「本当に知りません、はい……」

「では、修験者らがこの宿に逗留している間、空最を訪ねてきた者はいなかったか」

「いいえ……空最様を訪ねて来られる人はいませんでした。が……」

「が……？」

「寛仁様によく会いに来ていた人はおります。寛仁様とは、空最様の一番弟子でございまして……」

「なに、寛仁なら俺も会ったが、そうか……空最ではなく、寛仁に会いに、な」

拓馬はやはり怪しいと睨んで、主人に問い続けた。

「そいつはどういう奴だ」

「名前は知りませんが、年の頃はまだ三十そこそこ。しかし、見るからにいかつい御方で、いつも腕には槍を抱えておいででした。十字のような刃もついていたので、なんだか不気味でした」

十文字槍であろう。これは、三方向に刃が向いているため扱いにくく、かなり熟達した武士でないと難しい武器だ。

「十文字槍か……まあ、昔は戦国武将や僧兵が持つことはあったが、今時な……」

「僧侶ではありません。お侍さんです」

「侍……」

「といっても、浪人だと思います。野袴姿でいかにも荒くれ者という感じでしたから……寛仁様らと酒も酌み交わしていましたしね。野太い大きな声でした」

「顔は覚えているか」

「もちろんです。また会えば必ず分かります。でも、居所までは……」

「特徴を話してみろ。俺は絵心があってな、人相書もよく頼まれることがあるのだ」

「さいですか……」

訝しげになる主人だが、拓馬の話に乗せられて、言われるままに従うのだった。

その絵を屋敷に持ち帰ったところ、彦右衛門はどことなく見覚えがある気がした。もっとも錯覚かもしれぬ。瓦のような四角い顔で、濃い眉毛で太い鼻の武芸者など、何処にでもいそうだからだ。

ただ特徴はやはり、鋭く切れ長の目元だった。

「十文字槍を持った、いかつい男か……確かに、そう言ったのだな、主人は」

「はい……父上、心当たりでも？」

「ふむ。遠い昔、儂の道場仲間に、このような顔つきの男がおって、しかも槍の名手だった。むろん十文字槍を扱うこともあった。剣術も俺と同じく心陰流を心得ていたが、槍を持たせれば誰も敵う者はいなかった」

「もしや、その男では……」

「あり得ぬ。そやつなら、橋本忠成という旗本崩れで、ある事件を機に……死んだ」

「死んだ……」

「そやつは大番方に勤めていたが、つまらぬ喧嘩をして相手を槍で突き殺し、切腹となってしまったのだ」

「切腹とは……喧嘩両成敗としても、相手も武士だったのですか」

「うむ。時の老中、太田備後守の倅、右京之介だった。つまりは大名の跡取りだ。幕府内でも大騒ぎになってな、酒の上でのことだとケリが付いたが、老中首座だった水野忠邦様が取り持って、真相はうやむやのままだ。まあ、水野様としても、幕府内の醜聞は避けたかったのであろうな」

「そうでしたか……」

　拓馬は溜息交じりに首を横に振りながら、

「たしかに槍の浪人は三十絡みらしいから、父上の道場仲間とは違いますね」

「うむ……」

「それにしても、何者でしょう。空最を焼き殺して、一万両いやそれ以上の莫大な金をせしめた修験者の連中との間に、どんな繋がりがあるのでしょうや」

　興奮気味になる拓馬に、彦右衛門はニンマリと笑いかけて、

「――どうしたことじゃ。いつもは何があっても知らん顔を決め込んでいるおまえが、そんなに気懸かりなことがあるのか」

「ええ、まあ。私は嘘偽りで人を欺く輩が嫌いなだけです」

憤然と拓馬が言ったとき、「ごめんなすって」と声があって、廊下に佐助が控えた。

武家屋敷では、中間たち使用人は母屋には入れない。だが、佐助は一心太助の子孫。彦右衛門は天下の大久保彦左衛門の子孫。ふたりの絆によって、特別に許されていた。

「なんだ、佐助……酔っておるな。酒臭いぞ」

「これは失礼をば致しました。これも探索のためですので、ご容赦を」

「女読売屋から何か摑めたか」

「へえ、美味い鰻で散財しやしたんで、後でお恵み下せえ」

減らず口を叩くのも、お互いの信頼関係があるからであろう。彦右衛門はすぐに財布から小粒を取り出して差し出した。

「これじゃ、到底、足りやせんよ。もう一声、お願い致しやす」

「おまえが仕入れた話次第だ」

彦右衛門が唆すように言うと、佐助は「がってんでえ」と膝を打って、料理屋で見かけた怪しげな雲水の話を始めた。

「気になったんで、今日も探して尾けてみたんですがね、なんとも……江戸中を引っ張り廻されたって感じですよ」

「江戸中を……」

「特に大金を恵んでくれそうな大店とか武家屋敷ってわけじゃないです。何処にでもありそうな長屋や小さな店、湯屋とか床屋、時には出商いの者たちにもね」

「ほう……」

「托鉢をして、ありがとうございますと言っては、護符で封印した箱を配ってやした」

　佐助と舞衣が料理屋の二階から見たのと同じで、三人が一緒だったという。

「五寸四角の箱とはいえ、江戸中のあちこちに配るなら、かなり嵩張るだろう」

「ですから、他のふたりが背負子を担いでましてね。喜捨してくれた人に勿体付けて渡しては、『今月晦日の暮れ六つに、竈でも囲炉裏でもいいから、火にくべて燃やせ。そしたら、不動明王が降りてきて、悪鬼悪霊がいなくなる』って」

「——炎に燃やして……なんだか、空最と似ておるな」

　彦右衛門が怪しむと、拓馬も疑念を抱いて、

「やはり関わりある連中かもしれませんね、父上。もしかしたら宿から出ていった修

験者たちが、今度は雲水に化けて……」

と言いかけると、佐助も同じことを感じていたと頷いた。

「そいつらが渡していた小箱というのが、これです」

護符で蓋を封じられたものを差し出して、佐助も少しばかり金を恵んで手に入れたという。雲水からは何度も、今月晦日の暮れ六つに燃やせば災難から免れると伝えられたと説明した。

「いかにも怪しいな……」

護符箱を手にした拓馬は軽く振ってみたが、重みは少しあるものの何かは分からなかった。拓馬が鼻を近づけると、「む？」と顰め面になった。

「なんだ……」

彦右衛門が問いかけるまでもなく、拓馬は封印となっている護符を剝がして蓋を開けようとした。佐助は思わず止めて、

「バ、バチが当たりますよ」

と箱を取り上げようと手を伸ばした。が、拓馬は構わず開けるや、

「――ふうん。こういうことか」

と中身をふたりに見せた。そこには、匙に二、三杯くらいの黒い砂のようなものが、

入っていた。蓋を開けたために、臭いがいきなり部屋中に広がった。

「これは、もしかして火薬……ですかい？」

「そうだ。しかも鉄砲などに使う黒火薬で、爆発力が強い。これを火の中に放り込んだら、激しく燃え上がるだろう」

「ま、まさか……」

「まさかもとさかもない。火薬なんぞ、俺は毎日のように扱っているからな、鼻が利いたのだ……これを喜捨した者たちに配っていたというのだな」

「へえ、そうです……」

「とんだ護符箱だったな。ということは、雲水がこれを江戸市中に配り歩いた狙いは、爆破をさせて火事にでもしようという魂胆だということか」

　拓馬が断じるように言うと、彦右衛門も何か思い当たる節があったのか、思わず腰を浮かせて、その箱を手にした。

「もしや……」

「父上。何か心当たりでも」

「うむ。先程話した橋本忠成の一件だがな。奴が切腹した後に、江戸のあちこちで爆破があったのだ」

「なんと……それはどうしてです」

「事情は分からぬが、何者かが火薬を詰め込んだ蠟燭を辻灯籠に置いていた節がある。知らずに、番人が火をつけるとしばらくして爆破した。それが数十カ所で起き、火の手が広がったのだ」

「誰の仕業なのです」

「それも分からず仕舞いだが……ただの悪戯ではないから、町奉行所は元より、目付衆らも探索をしたが、結局、真相は不明のまま」

「父上の言い草では、まるで橋本忠成とやらが関わっていたとでも言いたげですが」

「うむ。その疑いもあった。奴は正義感の持ち主ではあったが、幕府の饑饉や貧窮への対策に不満で、旗本の身でありながら、町人や百姓を煽って、打ち壊しや一揆を起こそうとしていたからな……それゆえ、蠟燭による爆破も橋本の仕業であろう、とされた」

「された……では、本当にやった者は分からず仕舞いなのですね」

「さよう。もしかしたら、その雲水たちも何か幕府に不満があって、似たような手段で騒ぎを起こすつもりかもしれぬな」

彦右衛門の顔つきがいつになく険しくなると、拓馬はハタと思い出したように、

「佐助。雲水たちは、いかつい槍を持った浪人と会ったことはなかったか」

と訊いた。

「えッ……どうして、知ってるんでやす？」

「見たのか。十文字槍を扱う奴だ」

「料理屋のときはいなかったけれど、神田の方を廻っていたときに、明神様の境内で奴らに近付いてきて、何か話してやした」

不思議そうな顔で答えた佐助を見て、彦右衛門もシタリ顔で、

「拓馬。どうやら、高輪の宿に逗留していた修験者と雲水は仲間、いや同じ奴らかもしれぬな……間違いあるまい」

と微笑を浮かべると、拓馬も頷いた。

「その浪人が、連中を操っているのかもしれませんね」

顔を見合わせる彦右衛門と拓馬に、佐助も何かを察して、嬉しそうに膝を叩いて、

「へへ、面白くなってきやしたね。あっしもその浪人とやらの正体を探ります」

「いや、その前に、この火薬の入った箱を回収するのだ。今月の晦日にならずとも、誤って爆発するやもしれぬからな」

「でやすね。そういうことなら、町奉行の井戸対馬守様にも事情を伝えて、差配の町

火消したちにお出まし願いやしょう」

佐助は大きな胸をドンと叩いた。大久保家の中間頭でありながら、町奉行所にも顔が利くのは、さすが一心太助さながらである。

五

その日のうちに、町火消し四十八組らが手分けをして、秘密裏に護符箱を回収した。目立たぬように行ったのは、雲水たちとの余計な争いを避けるためである。何か策謀がある輩の狙いを確かめるためでもあった。

一方で、槍の浪人のことも佐助は仕入れてきた。

それらしき男が、神田お玉が池に剣道場を開いているというのだ。流派は柳生新陰流であり、宝蔵院流の槍術も指南しているという。

槍術で有名なのは、飯篠盛近が広めた新当流が有名だが、無辺流、本間流、大島流・竹内流などが素槍の流派として広まっている。それに比べて、鍵槍の内海流や佐分利流、鎌槍の宝蔵院流などは特殊なので、学ぶ者は減ってきていた。

もっとも、いずれも御家の伝統や格式を守るための槍術となり、武家たちも槍は鴨居や登城の折の飾り物のようになっていた。

宝蔵院とは奈良の興福寺の子院である。ここで編み出された槍術は、安土桃山時代から続き、戦国の世を経て、実践的な優れた技が豊富に受け継がれてきた。この名門流派は、十文字槍を使う。そのため、独自の槍を造る大和国の鍛冶たちも大切にしていた。十文字槍は強い武器でありながら、美しさも兼ね備えていたのだ。

道場には武士の師弟は元より、荒事が好きそうな町人の若者たちも混じって、気迫のこもった稽古をしていた。

神棚を背負った上座には、師範であろういかつい顔の野袴の侍が、床几に座って鍛錬の様子を見ている。

意外に若い。まだ三十前に見える。師範らしき男は、時折、

「脇が甘い！」「腰を落とせ！」「踏み込みが足りぬ！」「素早く廻せ！」「足捌きがなってないぞ！」

などと厳しい声を掛けていた。

そんな様子を道場の前庭から眺めていたのは、彦右衛門であった。単身、様子を見に来ていたのだ。

――この男が、修験者や雲水と会っていた男であろうことは、すぐに察することが

できた。

「頼もう！」

彦右衛門は腹の底から声を発した。まるで怒鳴ったような響きなので、稽古をしていた門弟たちはハッと動きを止めて振り返った。

「いや。これは済まぬ済まぬ」

頭を掻きながら、彦右衛門は遠慮会釈なく数段の階段を上って、履き物を脱ぐと道場に踏み込んだ。

「いやあ、通りかかったのだがな。かような所に剣道場が出来ていたとは知らなかったゆえ、思わず声を掛けたのだ」

門弟たちから見れば親か祖父のような老体である。見た目には、それなりに矍鑠としている偉丈夫だが、いかにも〝冷やかし〟のような態度に、門弟たちは一様に不快な目つきだった。

「ご老人。見てのとおり、真剣な稽古中だ。ささ、退散下され」

門弟の中でも、一際、目つきが鋭く、横柄な態度の男が近付いてきた。四十絡で屈強な腕や肩をしているから、師範代であろうか。それでも、彦右衛門は屈託のない愛想笑いを浮かべて、道場主らしき上座の男に近付いていった。

「道場主はおぬしかな」

　彦右衛門が声をかけると、師範らしき男は自然体で穏やかな目つきで、

「さよう。だが、無礼にも程がある。断りもなく道場に入り込み、名乗りもせず、不躾に道場主かと尋ねるとは、いささか心外だ」

「心外……まるで儂のことを知っているような口振りだな」

「さあ、知らぬ」

「大久保彦右衛門という御書院番頭を預かっておる者だ」

　名乗ると、門弟たちの形相が一変した。驚いて恐縮どころか、むしろ敵意をむき出したような表情になったからだ。

　だが、道場主は落ち着いた様子で、

「そういう立場の御仁ならば、横柄でも仕方がありませんな。上様をお守りする書院番、小姓組、大番、小十人組、新番という〝五番頭〟の頭領なのですからな」

　と言うと、居並ぶ門弟たちはわずかに控えたものの、手にしている木刀を引いて脇に抱えようともしなかった。

「こちらは名乗ったのだ。おぬしの名を知りたい。まだ若いのに、これだけの門弟を従えての厳しい稽古とは、さぞやご自身も人知れぬ辛い鍛錬を重ねてきた御仁でござ

ろう」

「世辞は結構……拙者は浪々の身ではありますが、橋本道尚という武芸者でござる」

「橋本……！」

彦右衛門はすぐに道場仲間を思い出して、

「もしや、橋本忠成殿と係累か？」

と訊くと、橋本道尚と名乗った道場主もわずかに驚いた。

「父上を知っているのですか」

「やはり、おぬしは忠成殿のご子息だったか。なに、宝蔵院流槍術の看板もあったので、もしやと思うて覗いてみたのじゃ」

「…………」

「この流派は、宝蔵院の覚禅房胤栄という僧侶が、東大寺側の猿沢の池に浮かぶ三日月を突いたのが始まり。まったく波を立てずに、水面の三日月を刺した。槍と三日月が丁度、十文字に交わったように見えたことから、十文字鎌槍を始めたらしいな」

自慢げに披瀝する彦右衛門を、道場主の橋本は当然、知っているという目で見つめていた。恥ずかしげもなく、彦右衛門は続けて、

「突けば槍　薙げば薙刀　引けば鎌……と、十文字槍はあらゆる攻防に優れておるか

ら、太平の世のこの治世にあっても、重宝（ちょうほう）されておる。他の槍術に比べて、細く短い槍を使うのは、相手の攻撃を〝円錐の理〟をもって受け流し、同時に一気に入身をして攻める。それこそが十文字槍らしい極意（ごくい）……なに、親父殿の受け売りだ」

我に返ったように、彦右衛門は橋本の顔を見て、

「そういえば、目鼻立ちに親父殿の面影がある」

「…………」

「あのような痛ましい事件があったからのう、妻子は親戚預かりになったと聞いておったが、そうか、かように立派にな」

感慨（かんがい）深げに彦右衛門は言ったが、逆に橋本の方は警戒したように、

「父が亡くなったのは、私がまだ十三歳の頃でしたから、あれから母上とともに色々と苦労をしました。妹は嫁入り直前に、流行病（はやり）で亡くなりました」

「さようなことが……それはお気の毒に」

「ですが、仮にも元は旗本の武士の息子でござる。父が残せし槍を引き継ぎたいと、日々鍛錬して参りました」

と道場の一角に掛けてある十文字槍を見やった。

彦右衛門も頷いて、「まさしく、忠成殿の槍じゃ」と眺めながら、

「そうと知ったら、道尚殿……かような耄碌爺イでよければ、何か力になろう」

「えっ……」

「あの事件はもう十八年も前のこと。世間もすっかり忘れており、幕閣連中も様変わりした。知ってのとおり、今や異国が攻めてくるやもしれぬ危うい世情だ。若い者たちの力も必要になってこよう。是非に異国を排除するために、その腕前で尽力して貰いたい」

「あ、はい……しかし……」

困惑している橋本に近づき、双肩を叩きながら、

「儂と忠成殿は道場仲間だった。親父殿の槍には到底、勝てなかったが、儂も若い頃は少々、暴れておってな。ハハ、ふたりで肩を組んで飲み歩いたものだ」

「…………」

「そうだ。老中首座の阿部正弘様はまだお若いから、おぬしらと気が合うやもしれぬ。道尚殿、近いうちに紹介しよう。さすれば、また旗本に戻れるかもしれぬ。ああ、それがよい。そうしようではないか」

彦右衛門は長年の再会を果たした親友のように抱きしめ、

「儂の屋敷は駿河台にある。ここからなら近い。いつでも訪ねてくるがよい。儂もち

よくちょく散歩がてらに来てよいか。あはは、実に嬉しいのう、嬉しいのう」

と戯(たわむ)れるように言うのだった。

しばらく稽古の続きを見てから、機嫌良く彦右衛門が帰った後で、師範代らしき四十絡みの男が橋本の側に寄り、

「師範……まさか、あの爺イに擦り寄る気ではありますまいな」

「なんだと。どういう意味だ、内海(うつみ)」

内海と呼ばれた師範代は、深い額(ひたい)の皺(しわ)を波のように動かしながら、

「大久保彦右衛門といえば、将軍のご意見番との噂があり、幕閣でも一目(いちもく)置く人物と聞き及んでおります。きっと何か思惑があって、偶然を装(よそお)い当道場に来たに違いありません」

「どんな思惑だ」

「それは私にも分かりませぬ。ですが、天下一の策士との評判もあります。幕府安泰のためならば、何でもやりましょう」

「…………」

「決して侮(あなど)ってはなりませぬ。旗本にするだの仕官させるだのと餌(えさ)で釣って、またぞろお父上のような目に遭わせる気かもしれませんからな……空最様が己(おの)が命を犠牲に

してまで、人と人が慈(いつく)しみ合う、ほんに良き世の中にしようとしているのです。ゆめゆめ忘れませぬように」

怪しげな目つきで橋本を睨む内海の顔には、暗い影が広がっていた。

六

彦右衛門が屋敷に帰ってくると、長男の龍太郎が厳しい顔で待っていた。またぞろ睦美に何事かあったのかと気にしていると、

「そうではありません、父上。〝仮病届け〟まで出して登城もせずに、ぶらぶらとつまらぬ探索の真似事をしているのならば、大久保家の当主はもう私に譲ってくれませぬか」

と責め立てるように言った。

「いやじゃ」

アッサリと答えて、彦右衛門は苦笑(くしょう)し、

「おまえはまだ大久保家を背負えるほど、成長しておらぬ。海岸防禦御用掛とはいっても在府という気楽な立場だ。阿部様に話して、また下田にでも取り計らって貰おう

かのう」

「それは結構ですが、父上こそ御書院番頭として仕事をせぬのなら、私がやります。お体も大変でしょうから」

「いやじゃ、いやじゃ」

駄々っ子のように言う彦右衛門を目の前にして、龍太郎は呆れ果てて、

「一体、何を考えているのです。姉上のことが心配なのは私も同じです。あのような妙な修験者の言いなりになっているのですから」

「さよう。そのために戦っておる」

「戦う？　また訳の分からぬことを言い出すのでは……」

生真面目な龍太郎には、彦右衛門の言動がふざけているようにしか感じられないときがある。本音が見えないのだ。

「龍太郎……本当はおまえも何か摑んで来たのであろう」

彦右衛門はお玉が池の道場のことを話して、探るような目で顔を見つめた。

「顔にそう書いてある。さすがは大久保家の長男だ。儂が考えていることを察して、空最のことを調べてきたのであろう？」

図星を指されたのか、龍太郎は素直に頷いて、

「――父上は、その橋本道尚という者が何かしでかすと考えているのですか」

「まだ詳細は分からぬがな、嫌な予感がする。儂と同門の橋本忠成とは違って、妙に真面目だが……おまえと同じだな」

「私は別に……」

「真面目ゆえに何かを一度信じてしまえば、疑うことを知らぬ。たとえ騙されていると感じても、信じている己の姿から目を背けることができないのだ……橋本の息子には、そんなふうに感じた」

　睦美が信心していることも同じだと、彦右衛門が言うと、龍太郎も納得して、

「たしかに姉上はどうかしてますがね、いずれ分かるでしょう。ですが、父上が気になっている橋本道尚というのは、やはり何かしでかすとでも……？」

「さよう。こやつは、空最の門弟の修験者や佐助が見かけた雲水らと繋がっている節がある。いや、確かであろう」

　十文字槍のことも話した上で、

「道場にいた連中は、儂のことを知っていた様子だった。つまり、奴らこそが修験者で、大久保寺の前で、空最を犠牲にした。それと同じ連中が、今度は雲水として何やら企んでいるようなのだ」

「企んでいる……それは、護符箱のことですかな」

　龍太郎が訊くと、彦右衛門は「やはり探っていたのだな」と微笑を浮かべた。だが、龍太郎は首を横に振り、

「残念ですが、火薬の入っていた護符箱は、佐助が持ち帰ったものだけで、町奉行所の役人や町火消しらが懸命に集めた護符箱には、火薬なんぞ仕込まれておりませなんだ」

「な、なんだと――!?」

　面食らった彦右衛門は、得意の弓矢の的を外したように両肩を落とし、

「どういうことだ……では、どうして佐助だけが……」

「すべてを回収したわけではないので、まだ他にもあるかもしれませぬが、おそらく相手は佐助のことを大久保家の中間だと承知の上で、あのようなカラクリ箱を渡したと思われるのです」

「なんと、まことか」

「拓馬が見抜いて大騒ぎするのも織り込み済みのことでしょう……つまり、大久保家内の事情を知っている者たちの仕業でしょう」

　龍太郎がそう思うのは、やはり先日、大久保寺の前で修験者たちが待ち伏せていた

ことと繋がるからだ。

「もしかしたら、姉上も利用されていたのかもしれませぬ」

「うむ……あり得るな」

彦右衛門も同じことを思い浮かべていたと言うと、龍太郎は曰くありげに、

「それだけではありませぬ。実は……空最の高弟と称している寛仁は、橋本左内(さない)という若者を手懐けている様子があります。ええ、私も旗本の端くれですから、目付の真似事くらいはできます」

「橋本左内……誰だ、それは」

「えっ。知らないのですか。父上ともあろう御方が」

「さっき話したお玉が池の道場主、橋本道尚と関わりがあるのか」

「それは分かりませんが……本当に知らないのですか」

「知らん」

「──まあ、父上は、近頃人気の若い歌舞伎役者の名も知りませんからね。頭の中も、昔の良き時のまんまなんでしょう」

「御託(ごたく)を並べずに、誰だ、その橋本左内というのは」

訊き返す彦右衛門に、龍太郎はできるかぎり詳細に話した。

「越前は福井藩士でございます。かの松平春嶽様の家臣です」

松平春嶽は十一代将軍・家斉の弟で、後に幕末四賢人と讃えられたひとりである。

「橋本左内はまだ二十歳そこそこですが、大坂の蘭方医である緒方洪庵の適塾にて学びましたが、父親が病になったとかで福井に帰省し、藩医として勤めておりました」

「それで……」

「今年、江戸に出てきて、蘭学者の坪井信良の元で学問修業に励んでおります」

「坪井信良なら儂も何度か、会うたことがある。まだ三十そこそこだが、父親を継いで幕府の奥医師になっておる」

「はい。その人のことです」

「そういえば、坪井は去年、松平春嶽様に召し抱えられたが、それが縁で橋本某が江戸遊学に来たのかのう」

「かもしれませぬが、話はそんなことよりも、橋本左内がかなり西洋かぶれしており、医学よりも政に傾倒していると聞き及んでおります。坪井信良の所には、水戸藩の藤田東湖、小浜藩の梅田雲浜、熊本藩の横井小楠、そして近頃、なんとなく煩わしい薩摩藩の西郷吉之助が出入りしてるので、そのせいかもしれませぬ」

「まあ、国を憂う若者が増えるのは良いことだが、いささか偏っている気もするな」

彦右衛門が心配したことを、龍太郎も感じていた。

「その橋本左内も、お玉が池の道場に出入りしており、橋本道尚と急速に接近している節があるのです」

「まことか。そういえば……」

橋本道尚の父親のことを、彦右衛門はまた思い出していた。

「奴は旗本でありながら、浪々の身となった侍たち大勢の前で、『世の中を変えねば、おまえたちは一生、食い詰め浪人だ』と説教していたことがあるな……その邪魔をしていたのが、まさしく時の老中の太田備後守だった」

「邪魔……」

「それはそうだ。浪人たちを集めて打ち壊しなどをすれば、たちまち世は乱れるからな。ただでさえ、天保の飢饉で百姓たちも、諸国で一揆を起こしていたゆえな」

聞いていた龍太郎はふうっと溜息をついてから、

「やはり、橋本左内は世直しとかを考えており、お玉が池の道場の者たちを利用するつもりでしょうか」

「ふむ。橋本左内が知恵者ならば、橋本道尚は天下無双の槍の使い手。親戚かどうかは知らぬが、ふたりが組んで騒動を起こすつもりかもしれぬな」

「つまり、父上が気にしていた空最の一件は、その金集め」

「であろうな。空最も利用されたとなると、怪しいのは寛仁の方だ」

「とすると、護符箱の門付け（かどづけ）も、謀反（むほん）か何かの資金集めということでしょうかね」

「いや、あれは、金が目当てというより、御利益を餌に、広く江戸庶民の心を摑んでおく魂胆かもしれぬ。何か騒動が起こったときに、人々はつい情に流され、間違った方に煽られたと気づかずに、乱暴を働くこともあるからな」

「ですね……」

「ならば、龍太郎……橋本左内と話してみたい。坪井の門弟ならば、容易に会えるはず。おまえも同席せい」

「私よりも拓馬が適任かと思います。奴は屁理屈をこく相手に強く、意外と人の内心を見抜くのが上手（うま）いのでね」

ニンマリ笑う龍太郎に、その通りだと彦右衛門も納得した。

翌日――深川の安懐堂（あんかいどう）という医学学問所に、彦右衛門が拓馬を引き連れて訪れた。

出迎えたのは、坪井信良ではなく、義父の信道（しんどう）だった。齢（よわい）六十になり、彦右衛門とは同年配で、信道が江戸に蘭学を学びに出てきた頃からの知人である。弟子に緒方洪庵など著名な医者もおり、信良は娘婿で代々医者である坪井家を継いだ。先祖には織(お)田(だ)信長(のぶなが)がいるという名家である。

「これは珍しや。自慢の息子、拓馬殿をまたぞろ私に預ける気ですかな、彦右衛門殿」

信良が継いだが、かつて奥医師をしていたこともあるから、親しみをもって彦右衛門に声をかけた。

「今日は、信良殿の方に用事がありましてな。訊きたいことがちょっと」

「これは相済(あいす)みませぬ。信良ならば、日習堂(にっしゅうどう)の方に入り浸(びた)っておりましてな……」

日習堂とは、深川冬木町(ふゆきちょう)に開いている私塾のことである。信良は奥医師として勤めながら町医者としても庶民の病や怪我を看(み)て、同時に医学を志(こころざ)す若者や子供の世話もしているのだ。

「どのような用件でございまするかな」

信道はふたりを招いて、弟子に茶を持ってくるように命じると、

「私に分かることがあれば、お答えいたしましょう」

「橋本左内という若者についてでござる」

彦右衛門がいきなり伝えると、なぜか信道の表情が曇った。その顔を凝視して、

「そやつが、お玉が池にある槍術道場の橋本道尚という武芸者と如何なる関わりがあるのか、ご存じかと思いましてな」

「畏れながら彦右衛門殿……橋本左内という若者は、そやつと呼ぶような輩ではありませぬ。なかなか頭の切れる者で、福井藩の奥医師、長綱殿の嫡子ですのでな」

身許を明らかにして、何か疑いがあるなら払拭したい思いが、信道にはあるようだった。

「緒方洪庵のもとで医学を学んでいたが、父親が病になったために国元に帰ったとか」

「そうです。左内を緒方洪庵に紹介したのも私です」

「なるほど。信道殿は福井藩と縁があるが、長州藩とも縁が深いですな」

「ええ、もう二十年も前になりますか、藩医に登用されました。もっとも今はご覧のとおり隠居の町医者同然です」

謙ったように信道が言うと、今度は拓馬が一礼をして、

「その節はお世話になりました」

「む？　その節……とは」

「いつぞや、長州の吉田松陰という若者がうちに泊まっていたことがありましてね。私とはカラクリ仕掛けなどのことで馬が合って、楽しい時を過ごしました」

「ああ、そうでしたな……」

「異国のことにも詳しく、佐久間象山様らとはるばる浦賀まで黒船を見に行ったりしましたが、それがゆえに今は公儀から睨まれる存在になっております」

父親ほどの年である元奥医師に対して、拓馬も遠慮会釈なく話した。

「長州と関わりのあるあなたのもとに来た吉田松陰。さらには福井藩と関わりが深い坪井家に、橋本左内が立ち寄っている。いずれも、噂に聞けば、かなり西洋かぶれしている」

「それならば、拓馬様もそうなのでは……」

控えめな感じで信道は言ったが、拓馬はキッパリと、

「私は世の中を乱そうとは思っておりません。もっとも幕府のお偉方は頭が固いので、擁護する気はさらさらありませんがね」

と言ってから、彦右衛門の横顔を見た。

「――まるで、うちの婿が悪しき事に加担しているとでも言いたげですな」

信道が不愉快げに顔を顰めると、彦右衛門は大きく頷いた。持って廻った言い方が

嫌いなので、直截に訊いた。

「関わりあるやなしや」

「…………」

「近頃、江戸では謎の事件が多い。説法師の如き空最という僧侶が、一万両を超える金を集めたが、すぐに焼け死んだこと……次いで現れた不動明王を奉ずる門付け」

「…………」

「そして、その双方に絡む橋本道尚。その仲間には、橋本左内とそこもとの婿の影が……」

彦右衛門の話す言葉を、信道は不愉快な顔のまま聞いている。

「いずれにも、何らかの理由で、おぬし……あるいは、信良殿が関わっていると儂は見ておる。如何かな」

「――万が一、うちの婿がそれらに関わっていたとして、だからどうだというのです」

「…………」

「一体、信良や左内が何をしようとしていると言いたいのですかな。彦右衛門殿らしくない。空最とやらのことはまったく知りませぬが、私たちに何か疑義があるならば、証拠を持ってきて貰いたいですな」

「………」

「ないのですか。ふはは。埒もない謎かけで、手がかりを探そうとしているのですかな。だとしたら、無駄足だったようですな」

信道は自信に満ちた顔になった。必死に高笑いが出そうなのを我慢して、

「どうぞ、お引き取りを。暇に見えて、意外と患者を抱えているものでしてな。あしからず……おい、もう茶はよいぞ！」

と門弟に声をかけると、自ら先に立ち上がって、追っ払うような仕草をした。

すぐに彦右衛門も立ち上がり、

「残念至極……おぬしが企んでいることが表沙汰になれば、上様だけではない。多くの者たちに迷惑がかかる」

「何とおっしゃる……」

「昔馴染みと思うて、庇ってやろうと訪ねてきたが、まさしく無駄足だった」

彦右衛門が背中を向けて立ち去ると、拓馬は困ったように首を傾げて、

「だから、年寄り同士の啀み合いに関わりたくなかったんだよ」

と、わざと文句を垂れて追いかけた。

信道は険しい目で見送ったが、溜息をつくと、困惑したように肩を落とすのだった。

七

柳生新陰流と宝蔵院流槍術を指南しているお玉が池の道場に、彦右衛門は単身、ぶらりと立ち寄った。

今日も厳しい稽古をしており、槍もたんぽ付きのものではなく、本物の穂先を向け合っての真剣稽古だった。

「やあ！」「とう！」と腹の底から裂帛(れっぱく)の叫びを発している。

稽古をつけていた橋本道尚は、素早く槍の柄(え)を逆さに持ち直すと、エイッと弟子のみぞおちあたりを突いた。相手は苦悶(くもん)の表情となって宙を飛んで壁に叩きつけられた。

さらにその喉元(のどもと)に穂先を突き出して、

「一瞬の油断が死を招く。この穂先ならば、すでに絶命しておる」

「は、はい……」

「見極めるためには、わずか半歩でよいから下がって穂先を下げるか、短く持ち替えて相手の懐に飛び込むかいずれかだ」

「わ、分かりました……」

悶絶しながら弟子は答えて、道場の片隅に移って控えて座った。

「次ッ――」

橋本が強い声を発すると、別の門弟が「お願いします！」と進み出て、両者が槍先を付け合った。その時、橋本の目が、表の羽目板越しに見ている彦右衛門の顔を捕らえた。その一瞬の隙に、

「やあ！」

と門弟が槍を突いた。

だが、橋本の足は微動だにせず、相手の槍を引っかけるように弾き上げた。その槍は一直線に、羽目板めがけて跳び、そのまま彦右衛門の目の前に突き抜けた。

危うく顔面を直撃されそうな勢いだったが、彦右衛門は眉ひとつ動かさず、「お見事」と感心して褒めた。

「ただの見物では面白くありますまい。かの天下のご意見番・大久保彦左衛門は、槍奉行で家康公のあらゆる合戦で功績を打ち立てたとか……その腕前を引いておられる彦右衛門様に、一手、ご教示願いとうございまする」

物腰も声も丁寧でありながら、橋本は有無を言わさぬ覚悟がありそうだった。もし

かしたら、すでに橋本左内や坪井信良から、何らかの知らせを受けたのかもしれぬ。

橋本が目配せをすると、師範代の内海が槍を持参して彦右衛門に手渡した。

「──真剣でやるのか」

彦右衛門が訊くと、橋本は真顔で、

「当然でございます。稽古を見ておいででしたでしょう……それとも、子供の遊び同様の竹槍に致しますか」

「お受けいたそう」

アッサリと答えて、道場の中央まで足を進めると、橋本の方も目を輝かせて、槍を構えて、「参る」と静かに言った。

両者はそのまま、床に根が生えたかのように動かなくなった。

息を詰めて見守る門弟の前で、橋本は微かに微笑みながら、わずかに中心を左にずらした。相手の攻撃を躱しながら、素早く突く姿勢であることは、彦右衛門にも分かったが、まったく動かなかった。いや、動けなかったという方が正しい。

「──惜しい……」

彦右衛門がポツリと洩らした。ほんのわずか橋本の瞳が揺らいだが、間合いを確かめるように、半足分だけ後ろに下がった。

「実に惜しい。それだけの腕を、何故、つまらぬことに役立てる。あたら天下無双の槍を穢れたことに使うとは」

「………」

どう言われようと、橋本の方にはまったく動揺はなさそうだった。ただ目の前の獲物を倒す。その気迫をもった獣のようだ。自信に満ちており、決して負けないという信念が全身に漂っていた。

「行きますぞ！」

橋本の方から気合いと共に突っ込んだ。

彦右衛門はなんとか躱して穂先を打ち払ったが、橋本のふりかざした槍は目に見えないほどの速さで、頭上で水車の如く廻った。そこから滝のように何度も打ち下ろしてくる。

飛びすさりながら彦右衛門も、二合三合と槍を交錯させたが、若い橋本の力強さには明らかに劣って見えた。だが、必死に踏ん張って、老体らしからぬ力強い動きで、橋本の槍の切っ先が見えているかのように、わずかな体捌きで躱していた。

すると——橋本の方が槍をスッと引いて、

「ご老体……私からも言わせて貰いましょう。さすがは御書院番頭、年を召されても無駄な動きはありませぬ。この場で怪我をさせるのは、いかにも惜しゅうございます」

　とニッコリと笑った。如何にも邪気のない顔だった。

「老人と思うて馬鹿にしておるのか」

「立ち合いはまたの機会に致しましょう。私の父は、たとえ敵であっても尊敬に値する人物ならば、情けをかけよと申しておりました」

「ふむ。忠成殿らしい」

「彦右衛門殿のことは詳しくは聞いておりませんが、心から尊敬できる人だと話していたことがあります。ですから、父の顔を立てて、今日のところは引き分けということで」

「はは。情けをかけられたか……儂もおぬしのような若造に見くびられるとは、隠居せねばならぬのう、ふはは」

　年は親子ほどの違いはあるが、お互い心の片隅で、共感できる何かが煌めいていた。

　そんなふたりを――内海は憎々しげに睨みつけていた。彦右衛門は横目でチラリと見て、やはり何かあると感じていた。

その夜、橋本道尚は、大川と北十間川に面してある通称〝本所屋敷〟に来ていた。ここは水戸藩下屋敷である。もちろん徳川御三家で、〝天下の副将軍〟の家柄である。

橋本を呼び出したのは、水戸藩第九代藩主の徳川斉昭である。若い頃から才気に長けていた斉昭は、天保年間に藩校の弘道館を設けてから、それまでの因習的な門閥政治を改めて、いわゆる下級武士や町人からも人材を集めて藩政改革を成し遂げた。

藩領が海に面しているため海防意識も高く、武士以外の軍事訓練はもとより、大砲や鉄砲など西洋の近代兵器や大型の軍艦なども日本でも造るべきだと幕府に訴えていた。そのために仏像や梵鐘を大砲の材料にするなど、仏教に対する冒瀆があった。ゆえに、他の色々な暴走的な罪も加わり、幕府から強引に隠居させられ、嫡男の慶篤が水戸家当主を継いでいた。

その後、謹慎が解けて後、隠居の身のまま藩政に関わることが許されるようになると、幕政にも横槍を入れるようになった。横槍というのは当人には不本意な批判で、憂国の武士らと共に国を立て直すのは、徳川一門として当然のことと思っていた。

かような覚悟で政に関わっている徳川斉昭が、類い希なる武芸者とはいえ、一介の若侍を屋敷に招くとは、よほどの理由があるに違いない。

そんな様子を——大久保家の中間頭である佐助が、お玉が池の道場から密かに尾けてきて見ていた。が、さすがに屋敷内に忍び込むことはできなかった。手段を選ばなければできなくはないが、もし見つかれば、彦右衛門が切腹させられるであろう。

しかし、その事実だけで、彦右衛門には充分であった。

「水戸下屋敷には、橋本左内と坪井信良も出向いていたようです。坪井は奥医師ですから、斉昭様から送り迎えの駕籠まで差し向けられていた様子でした」

佐助の密偵さながらの調べに、深い溜息をついた彦右衛門は俄に憂い顔になった。

「まさかとは思うが……空最の一件に、水戸様までが関わっていたとなると、公儀も今一度、大目付などに探索させる必要があるな」

やはり水戸斉昭は厄介だと、彦右衛門は付け加えてから、

「橋本道尚が強気なのは、後ろ盾に斉昭公がいるからかもしれぬな」

「一体、何をする気なのでしょうか……謹慎させられた腹いせとか」

「斉昭公はそこまで愚劣ではない。むしろ英明だと儂は思うておる。だが、何事にもやり方が強引過ぎるのだ。正義漢ではあるが、自分が正しいと思い込んでいる」

「それは大将と同じですね」

「馬鹿を言うな。俺は大久保家のことでも、みなの意見を聞いて、できる限り不公平にならぬよう配慮しているではないか」

「――ですかねえ……」

「なんだ。その不満げな顔はッ。俺はいつもおまえたちのことを……」

不満げに声を荒らげようとしたとき、用人の檜垣がいつものように廊下を踏み鳴らしながら駆けつけてきた。

「一大事でございまする。殿、一大事でございまする！」

「またか。今度は何だ。鼠が天井裏を埋め尽くしたか」

彦右衛門が受けると、檜垣は大きく首を横に振りながら、

「冗談を言っているときではありませぬ。う、上様が……急な病に臥せってしまいました。御書院番の石崎様から知らせが参りました。すぐに登城して下さいとのことです」

「なんと、上様が……！」

家定はまだ十三代将軍に就いて浅く、元々病弱であったため、夜も寝付きが悪いと聞いていた。兄弟は大久保家どころではなく、二十数人もいたが、二十年以上生きたのは家定だけである。

そういう環境で育ったためか、癇癪も激しかったらしいが、将軍になって重責を担ってから、さらに酷くなった。それゆえ、暗愚の君だと揶揄する者もいたようだが、

身近で見ていた彦右衛門には、温和で思いやりのある将軍に感じていた。

だが、ペリーの来航以来、俄に湧き上がっている〝外交問題〟によって、幕府内ではいわゆる一橋派と南紀派が対立をする前哨戦のような状況にあり、心痛めていた。まだ家定が将軍に就いたばかりなのに、次期将軍の継嗣問題を取り上げるとは、いかに幕府内が乱れているかの表れだった。

父上の家慶の急死、さらに来年にも再びペリーが来るとの報もある。まだ若い家定には、神経が磨り減るような日々だった。

「――やはり無理が祟ったのだな……江戸城に向かう。急ぐぞ」

彦右衛門の表情がガラッと変わった。

だが、その先に、とてつもないことが待ち受けていることを、彦右衛門はまだ気づいていない。ただ将軍を守るために駆けつけたいという気持ちだけで、打ち震えていた。

第二話　慈悲をもって

一

将軍は通常、行事があるとき以外は、一日のほとんどを中奥の御休息之間で過ごしている。中奥とは、表御殿と大奥の間にある、いわば将軍の公邸である。

御座之間は大奥寄りに位置する。鏡天井で床の間があり、上段・下段・御次、大溜に分かれている。その下段之間で日常の政務を執っているが、さらに大奥寄りに御休息之間があって、大奥に繋がる近くにある御小座敷が寝所であった。そこからは入側を隔てて、中庭の能舞台も見ることができる。入側とは、縁側と座敷の間にある通路で、主に将軍だけが通る廊下だった。

十三代将軍・家定は御側御用の田所主水や奥医師の坪井信良らに見守られながら、

寝床に臥していた。まるで臨終間近のような血の気のない顔で、何か譫言を洩らしている。

小柄で丸っこい体つきの家定は、声も子供のように少し甲高く、幼い頃に疱瘡を煩った痕跡も顔や体に残っていた。

彦右衛門が御広敷役人や御側衆に伴われて、御休息之間に来たとき、御次之間には大奥御年寄の瀧山がいたのに驚いた。

中奥には役人溜と女中溜があって、大奥との連絡のために奥女中も控えており、御小座敷上段の側にある蔦之間では正室や側室、下段の次之間では御年寄や御中臈などの高い身分の奥女中と面談することもあった。ゆえに、瀧山がいても不思議ではないが、

——やはり余程のことか……。

と彦右衛門は察した。瀧山は西の丸勤めの頃から、家定のことを子供のように世話をしてきたからである。

「どうぞ。上様のお顔を拝見して下さいませ。彦右衛門様のことを、譫言ではありますが、ずっと呼び続けているそうです」

瀧山はこの場に控えており、顔は見ていないという。むろん、大奥に入ったときに

は何から何まで面倒を見る。今日もいつもどおり、当たり前に過ごしていたという。

朝の六つには起床した。御小姓や御小納戸が御休息之間を掃除し始めるのだが、その音で目覚めるのが日常だった。それでも起きないときには、御小姓が襖越しに声をかけることになっている。

歯磨きや洗顔を終えると月代や髭を整え、食事を取りながら髪結番が髪を結う。食事を終えると、奥医師が〝堅固伺い〟という健診をしてから、紋服に着替えて両刀を差して大奥に入った。

御仏間にて歴代将軍の位牌に拝礼して、大奥の御小座敷に移ると、御台所が御年寄や御中臈を引き連れて、朝の総触れという顔合わせが行われる。概ね無事息災の形式的な文言を交わすだけだが、奥向きであった珍しい話やお手つき女中の具合や懐妊などの報があれば、この場で行う。

彦右衛門は畏れながらも、将軍の小御座敷寝所まで入ると、田所主水と坪井信良は陰鬱な様子で、側に来るように手招きした。田所は五十過ぎの泰然とした武将風で、信良は三十前の凜として賢そうな面立ちだった。

「――上様……」

神妙な顔になった彦右衛門は、少し離れた所から家定の顔を見ると、なんともやりきれない気持ちになった。家定が政之介と名乗っていた幼い頃から、西の丸で何度も顔を合わせたからだ。

母親はお美津の方で、家慶が亡くなってから本寿院と名乗り、本丸大奥に住んでいる。家定のことが気懸かりなのは言うまでもないが、本寿院も今、風邪を引いているため、移してはならないと見舞いには遠慮していた。

家定の上にもふたり男の子を産んでいたが、いずれも早世したので殊の外、大事にしていた。側室とはいえ、家慶が薨去したばかりなので気を病んでいたのに、我が子までもかような状態で心痛が激しかった。

「本寿院様のお気持ちもいかばかりか……」

彦右衛門は胸の内で手を合わせながら、家定の顔を見つめていると、

「じ、じいや……」

と家定は掠れた声で呼びかけた。幼い頃から、親しみを込めてそう呼んでいるのだ。

「大丈夫です。直に良くなられます。坪井先生の言うことをよく聞いて、ゆっくりと養生して下され」

彦右衛門が微笑みかけると、家定は人払いをしたい様子だったが、将軍を誰かとふたりきりにすることはない。田所も信良も動かずに、様子を窺っていた。

「ならば、田所と坪井……おまえたちもよく聞いてくれ……」

家定はまるで遺言でも述べるかのように、悲痛な表情で手を空に突き上げた。

「――あ、篤子は……余の嫁になってくれるかのう……」

「はあ……？」

「類い希なる美形じゃと聞いておるが、本当に嫁いできてくれるかのう……相手が薩摩だけに大丈夫かのう」

「上様……何をご心配なされているので」

肩透かしを食らった感じで、彦右衛門は家定の顔を見つめた。その瞳は病がちな者がそうであるように、少し潤んでいる。

たしかに、家定は正室に迎えた女を立て続けにふたりとも亡くしている。ひとり目は鷹司任子で、結婚をして半年程後に疱瘡で亡くした。その数年後、一条秀子を迎えるも翌年に死去した。悲しみは底知れないものがあった。

いずれも公家から貰ったのを忌み嫌ったのか、本寿院は三人目は武家から嫁を迎えたいと願っていた。それで、薩摩の島津家一門である島津忠剛の娘、篤子に白羽の矢が立ったのだ。篤姫と呼ばれる、後の天璋院である。

篤姫はまず島津本家の名君と誉れの高い島津斉彬の養女となり、その上で五摂家筆頭で右大臣の近衛忠熙の養女になって、家定の正室になる予定だった。しかし、ペリー来航という国難や将軍家慶の突然の死によって、輿入れが延びていた。家定はそのことを、かなり気にしていたのだ。

「のう、じいや……もし余がこの若さで病に死すとしても、一目でも篤姫を見てから、ご先祖様が待つ所に行きたいものだ」

必死に訴える家定を間近で見て、本当に大丈夫かと、彦右衛門は心配した。

「さように気弱なことを言葉にするものではありませんよ。篤姫とは必ずや添い遂げられましょう。本寿院様のたっての望みでもあられます。しかも、将軍家と島津家とは深い仲、十一代将軍・家斉様の御台所、広大院様も島津家から輿入れして参りました。万端整え、必ずや成就されましょう」

家定はふたりの正室に先立たれ、子にも恵まれていないため、子沢山で知られる家斉にあやかって、薩摩から嫁を貰うことは、大奥内での望みでもあった。むろん、島津の方も途絶えがちだった将軍家との関わりを続けたい思惑もあろう。

「上様……どうぞ気を安らかにして、お体をいとうて下され。じいやのお願いでございます」

彦右衛門が本当の子か孫に対するように声をかけると、家定は上げていた手をゆっくりと下ろして、急にスヤスヤと寝息を立てて赤ん坊のように眠り始めた。

「大丈夫でござるか、信良殿……」

心配げに顔を向けると、田所の方が微笑を浮かべて、

「恋患いにございます」

「え……？」

「寝ても覚めても、まだ見ぬ篤姫様のことが頭から離れず、一日中、うなされておいでです。大奥に行くのも躊躇われているほどに」

「そ、そんなことで……」

首を傾げる彦右衛門に、信良が真剣なまなざしで答えた。

「恋の病を侮ってはなりませぬ。大切な者を失う悲しみと同じで、身も心も粉々にし、体中に異変をきたします。薬も含めてきちんと処方せねば取り返しのつかぬことになります」

「さようか……」

納得できない顔つきの彦右衛門だが、信良は、かなりの重篤だと繰り返した。

「ならば、私にできることなどなさそうだな。恋患いなどしたことがない」

「奥方様にもですか」

「あれは、まあ……御家とか色々とあって、押しつけられただけだ」

「ご冗談でしょう。大久保様の方がかなり思い入れがあって、何しろお相手は御三家の水戸家縁のお姫様ゆえ、周りを巻き込んで大騒動だったと、父が話しておりました」

「………」

「あ、いえ。これは……」

余計なことを言ったと信良は、口を一文字に閉じたが、彦右衛門はどうでもよいという表情で溜息をついてから、今一度、鋭い目を向けた。信良は熊にでも出会ったように、体が硬直した。

「――そういえば、信良殿……つまらぬことを覚えていた父上と会ったが、橋本道尚とはどういう間柄なのかな」

「橋本……お玉が池のですか」

「さよう。信良殿とはかなり昵懇で、橋本左内という若者とも通じ合っているとか」

彦右衛門が直截に訊くと、信良はあまり触れられたくない様子で、

「ふたりとも父上の門弟同然の身ですから、顔見知り程度です。年が近いですから、話が合うというのはありますが」

「どういう話が合うのですかな」

「え、どういうって……色々とです。酒や女の話など、よくあるつまらぬことです」

「世の中を良くしたいという話も出ているのではありませぬか。なにしろ、橋本左内という若者は、松平春嶽様の肝煎りで、相当な暴れ者だというのを耳にしたが」

「暴れ者とは、程遠いですな」

信良は苦笑して、首を横に振って、

「奴は生真面目なだけです。適塾でもかなり勉学に励んでいて周りの者たちも感心していたそうですが、父上の病のために……」

「国元に戻ったのだな」

「ええ。それでも藩主が見込むだけあって、私の父の所で、改めて学問に励んでいるのです。父から聞いたかもしれませぬが、道尚殿とは親戚になり、文武の違いはあれど、お互い研鑽しているとか」

「なるほど……信良殿から直に聞いて安心しました」

「安心……？」

「父上の言い方では何やら、企んでいるかのようにも受け取れたのでな」

「企む……一体、何をです」

ほんのわずかだが、信良は真意を測りかねるという目で睨んだ。が、彦右衛門はそれについては何も語らず、

「信良殿はこのところ、ずっと御医師の間に詰めているようだが、御殿医は二十数人いて交代でなされておりますのに……」

中奥の御座近くに御医師の間はあって、何かあったときのために、不寝番で詰める。毎日、ふたり一組で、それぞれが三度も脈の様子を見る。つまり六人が常に側にいて、何か異常があれば、御医師の間で話し合い、見立てをするのだ。

「かような刻限ですので、田所様に私が呼び出されたのです」

たしかに、家定とは年も近く、最も信頼している奥医師であることを、将軍自身が話していたことを彦右衛門も承知している。

「さようですな。では、私はこれにて……上様の顔を見るだけでも安堵しました」

田所にも宜しくと頭を下げて、彦右衛門は立ち去った。廊下に出たところで、つと立ち止まって振り返ると、

——恋思い、か。なんとかせにゃならんなあ。

と心の中で呟いた。

二

控えの間に戻った彦右衛門は、微動だにせず座っていた瀧山に改めて、深々と頭を下げてから、奥医師の見立てを伝えた。

「なんと……恋患いとは。まことですか」

三代の将軍に仕えてきた五十歳近い瀧山だが、多喜と呼ばれていた娘の頃のような色香はまだ衰えていない。将軍の目に適った上に、歴代の御年寄や御中臈に可愛がられ、一目置かれた大奥女中の貫禄もある。それでも彦右衛門の前では、ひとりの女に見えるから不思議だった。

「ほんに恋患いでしょうか……」

不安げに曇る顔にも、瀧山には艶やかさが漂っていた。彦右衛門も思わず緊張したが、振り払うように頬を震わせて、

「な、何か気になることでもあるのでございまするか」

「奥に来ることはあっても、お気に入りの女中にすら手を出そうとはしませせぬ。しかし、それは篤姫に対する恋患いからというよりは、なんというか……」

「なんというか……」

「もっと深いことに憂えているような気がしてならないのです」

「深いこと……上様に限って、政のことを考えているとは思えませぬが」

真顔で答える彦右衛門に、瀧山はやはり艶やかな笑みを浮かべ、

「酷いおっしゃりようですこと。まるで上様が無能で、ただのお飾りだと言ってるようではありませぬか」

「めっそうもない。私には上様がずっと苦しんでいるように思えるのです。たしかに幼き頃から、人前に出るのが苦手でしたが、武術も学問も良くして、賢秀な御仁だと拝しております。瀧山様も当然……」

「もちろんでございます。ただやはり、幼い頃より、身近な所で見ておりますと、気迫が少し足らない気がします」

「気迫……」

「生きる上での活力と申しましょうか……本寿院様も気懸かりですので、空最和尚に祈禱して頂いたことがあります」

「空最ですと!?――これは、なんとも聞き捨てなりませぬな」

彦右衛門は空最の名を聞いて、腰が浮きそうだったが、瀧山は言い訳めいて、

「城中ではありませぬ。本寿院様のご実家、跡部様のお屋敷でございます」

旗本の跡部正賢の娘に過ぎなかったが、先代将軍・家慶の子を授かったことで、西の丸の「お部屋様」と呼ばれる身分になった。さらに家定が将軍になってからは、大御台所として大奥の権勢を握っていた。大御台所には、老中や若年寄、御側御用人が謁見できるが、平伏したままで顔を見ることができない。それほどの権威があった。

瀧山は、本寿院が最も信頼を寄せている奥女中である。幼い頃から最も家定の側にいた瀧山には、何でも相談していた。

「それで、九条貴子様ご贔屓の月光尼に頼んで、空最を引っ張り出したのですかな」

「引っ張り出したとは、何という言い草でございまするか。彦右衛門殿は時折、無礼でぞんざいなことを言いますが、何か裏でもあるのですか」

彦右衛門のことを信用しているからこそ、ちょっとした物言いや態度によって、瀧山も何かを察したのであろう。

「先に訊いておきますが、瀧山殿……あなたは空最の霊力や験力を信じているのですか」

「私がではなく、本寿院様が……」

「それは、九条貴子様からのお計らいでしょうか」

「そうだと思います」

「では、瀧山様は空最のことは信じてはおらぬのですな」

「いえ、尊敬はしております。比叡山であれだけ修行をされた高僧ですから」

「さようですか……うちの長女・睦美の話では、瀧山様も心酔している空最だからと、その一派から高額な掛け軸だの茶壺などを買っており、先日は仏舎利の如く、骨の欠片まで喜んで買うております」

瀧山は睦美とは数えるほどしか会ったことはないが、聡明で毅然とした女だと感じていたので、意外な素振りを見せた。

「まさか騙されていたとでも……彦右衛門殿の言い草では、まるで……」

「そのとおりです」

彦右衛門は何度も頷きながら、

「空最が炎に身を投じて死んだことは、瀧山殿の耳にも入っているとは思いますが、あれも罠で、どうやら寛仁という高弟が謀って、殺されたのが事実のようです」

「ま、まさか……」

異様な黒い霧が広がったかのように、瀧山は目を細め、扇子で払う仕草をした。護摩焚きの仕掛けから逃げ口を塞いで、空最を焼け死にさせたのには他に理由があると、彦右衛門は付け足した。

「一体、何のために、そのような恐ろしいことを……」

「まずは空最を自己犠牲者として祭り上げ、信者の絆をさらに強めることです。さらに、雲水や修験者などが世の末を説いて廻り、人々を不安に陥れ、現世の地獄から脱却できるように煽るのが狙いです」

「まさか、異国の脅威を知らしめるために」

「それもあります。ご存じのとおり、日本は祖法を変えてまで開国に向けて事が進んでいるように思われます」

「え、ええ……」

「私は必ずしも頑なに国を開くことに反対ではありませぬが、不安定になった世の中のドサクサに紛れて、謀反を企む輩がいることを案じております。御公儀の体制はもとより大切ですが、謀反を起こす輩はその裏で必ず、己が欲望を満たし、私腹を肥やすことを画策しております」

「恐ろしいことです……この国難の折、上様は乗り越えていけるでしょうか」

不安を隠せない瀧山はしばらく沈黙していたが、ふいに顔を上げると、

「あえて今こそ、打ち明けます」

と毅然とした声で言った。彦右衛門の方が狼狽するほどの険しい表情だった。

「累が及ぶことを畏れて、誰にも……いえ、大御台所様にすら言えなかったことです」

「なんでござろう」

彦右衛門も真剣な眼差しで受け止めると、瀧山は爛々と目を輝かせながら、

「突如として墓石の下に眠ることになった家慶公のご無念、そのことは彦右衛門殿もよく分かっていることでありましょう」

家慶は将軍になってからも、十一代・家斉が〝大御所政治〟をしていたため影が薄かった。が、大御所が亡くなってからは、水野忠邦を老中首座に抜擢して、世にいう〝天保の改革〟を実践させた。さらに、若い阿部正弘を登用して国防にも力を注いだ。

「そのお陰で、幕府財政の再建ができたと思いますが、その一方で、高野長英や渡辺崋山のような有能な蘭学者を弾圧したことで、世間からの評判は甚く悪くなりました」

瀧山はそれでも庇うように続けて、

「天保の大飢饉の頃にあって、立派な政を成し遂げられたと思います。けれど、家斉公は生前、家慶公をなぜか嫌っており、孫である家定公まで毛嫌いして、毒殺を謀っ

たこともあります」

「うむ……承知しておる。家斉公の家臣が勝手にしたことらしいがな」

「さようなこと勝手にできますまい。信じていた宗派が違うことも、不仲の原因だったらしいけれど、家定公ではなく、水戸の慶喜様を将軍に据えたかったほどです」

「慶喜様は、家慶公の御正室・浄観院様の甥でもありますからな」

「その一方で、家慶様は水戸の徳川斉昭様を謹慎処分にしました。もちろん、謹慎は解け、藩主ではありませんが、今や松平春嶽様とも通じており、徳川家でありながら、将軍家のみならず、この国を瓦解させせようとしている節があります」

「………」

「松平春嶽様は、上様の従兄弟に当たります。それが何故……！」

昂ぶる気持ちを、瀧山は自ら抑えて、

「彦右衛門殿……〝天下のご意見番〟の大久保家当主のあなたならば、本当のお気持ちがあるはずです。私と同じく、家斉公、家慶公、そして上様に仕えてきたのですから、本当はどうすればよいのか、一番分かっておりますよね。ですから、包み隠さず、本心を聞かせて下さいませ」

「本心……」

「はい。家定様が篤姫に恋患いをしているのが、馬鹿げたことに思えますか。美しいと誉れの高い姫と添い遂げたい。それだけだと、本当にお思いですか」

「……………」

「徳川家のためです。身内を信じられなくなった上様は、自分が将軍になった上は、この国の行く末のために、薩摩島津家の力を借りたいのでございます」

熱弁を振るう瀧山に、彦右衛門は一言も返さず、ただ聞いていた。

「どうなのです、彦右衛門殿。上様のおんため、御書院番組頭として、いえ五番方筆頭として、何を為したいのです」

「瀧山殿……」

期待の日で見ている瀧山は、彦右衛門が発する言葉を待っていた。

「私は……何も為したいとは思うておりませぬ」

静かに言う彦右衛門に、唖然と目を見開いた瀧山は左右に首を振って、

「そんなはずはありません……この期に及んで、私めに隠し立てをするのですか」

「隠し立てなどありませぬ。私はただ己が使命に尽力するまで」

「彦右衛門様……！」

悲鳴のような声で迫る瀧山に、落ち着くようにと彦右衛門は宥めた。

「私なんぞのことより、瀧山殿は何故に、そのようなお考えになったか、その訳をお聞かせ下さいませぬか。言わずもがなですが、昔馴染みですから、ご尽力致しましょう」

「なにを他人事のようにッ……私の気持ちは、家慶様付きになったときから同じです」

「私も微力ながら、家斉公の治世からお側に仕えております。瀧山殿のお気持ちお察し致します。同時に上様の胸の内の痛みも」

穏やかで丁寧な口調で、彦右衛門は答えた。

「いずれの将軍もその場に立ったのは、持って生まれた運命としか言いようがありませぬ。私利私欲のために将軍になった御方がおられましょうや。しかし、残念なことながら、上様の取り巻きの中には、上様のご威光を笠に着て、無理難題を押しつけたり、幕政を我が物にしようと企てる者もいる」

「やはり、いるのですね……彦右衛門殿はそれを見抜いておられるのですね。そうなのですね。例えば、水戸の……」

「口に出すのは、慎まれた方が宜しいかと存じます。申し上げておきますが、斉昭様ご自身は将軍の座を狙ったことも、謀反を企てたこともありません。斉昭様もまた、悪巧みをする者たちに利用されているかもしれませぬ。かつて徳川一門の誰彼が、天下をひっくり返そうとする謀反に利用されたように」

「謀反……！」

一瞬にして能面のように凍りついた瀧山を、彦右衛門は凝視しながら、

「畏れながら申し上げておきます。もし、本寿院様が、空最を崇めたり、月光尼に肩入れするようなことがあれば、上様に多大な迷惑がかかる。天下国家が歪められる……そうお伝えしておいて下され」

「やはり、何かが蠢いているのですね」

「事の真相はいずれ、この大久保彦右衛門が明らかに致しますゆえ。上様にも心安らかにと……宜しゅうございますな」

彦右衛門は毅然と言ったが、瀧山の方も負けじとばかりに、

「――それは結構な心がけです。ですが、自分の娘を裁けますか」

「なんと……？」

「睦美さんの許婚が、謀反人の一味とすればなんとします」

「はあ？　何を馬鹿な。アレには男っ気なんぞありません。ましてや許婚なんぞ」

「天下のご意見番でも、娘には意見ひとつできないのですね。睦美さんからは、未っ

子のとめさんを大奥女中にと相談がありましたが、お断りしておきましょう」

「なんだ？　さような話、聞いておらぬ」

「地獄耳のあなた様が……ふふ。分かりました。私にも考えがありますゆえ、お互いしばらく会わないでおきましょう」

瀧山は不気味なほど冷たい微笑で立ち上がると、軽く会釈をして立ち去った。

「お待ち下され、瀧山殿……」

瀧山はまったく無視して、足早に離れた。

見送る彦右衛門の目には、思いがけず娘たちについて知らぬことを話され、得も言われぬ不安と怒りが入り交じっていた。

三

翌朝、霧が深い大川の岸辺で、小舟に乗った釣り人がいた。

その脇にある柳の陰に、若い廻り髪結い姿の女が佇んでいる。いや、釣り人以外には顔を見せないよう、潜むように立っている。

釣り人は茶道か俳諧の宗匠風のいでたちだが、風格のある五十絡みの男で、半眼に開いた目は高僧のようにも見えた。

「さようか……無理もないことだな、本寿院にしてみれば」

　宗匠凮は、釣り糸の先を見つめながら呟いた。

「最愛の夫である家慶公が死んだ……いや何者かに殺されたとすれば、その恨み、消そうとて消せるものではない。御年寄の瀧山とて同じ思いであろう。いや、むしろ強いかもしれぬ。上様を守る立場としてはな」

「恨みならば上様もあるはず……そして、身近で仕えてきた彦右衛門様も」

「いや。彦右衛門殿はたしかに感情を露わにする男だが、みだりに事を起こす男ではない。最も迷惑を被るのが庶民であることを、一番知っている旗本の御長老だ」

「はい。承知しております。ですが……」

　廻り髪結い姿の女は、わずかに宗匠凮に近付いて、冷静な声のまま、空最の一件やその門弟の寛仁のことなども伝え、

「公家の九条貴子様、寂光院の月光尼様もが、本寿院様を慮って、京より江戸に下ってくるとのこと……お慰めするためとはいえ、これは尋常ではありませぬ」

「うむ。儂もそう思う」

「やはり、御前も裏があると考えておいでなのですね」

「──かもしれぬが、儂も半ば隠居の身。しかも政には一切関わらぬ立場ゆえな。ただ……水戸の斉昭様の動きが妙に気になる」

「はい。私も探りを入れておりましたが、彦右衛門様も面会なさっておりました」

「さようか。あの爺さんも異変に勘づいたということか」

「それどころか、松平春嶽様の手の者と思われる橋本左内という若い男、そして、その一族と思われる橋本道尚という者、さらには奥医師の坪井信良様も一緒になって、何やら画策していると……彦右衛門様は見抜いている節があります」

廻り髪結い姿の女はあくまでも淡々と伝えた。だが、宗匠風は釣り糸の先を川の流れに従って動かしながら、

「橋本道尚ならば、儂の門弟だ」

「えっ……!?」

初めて感情を表した女に向かって、宗匠風は微かに口元を歪めた。

「おまえに隠していた訳ではないがな、柳生新陰流と宝蔵院流槍術を極めた橋本道尚のことだ。江戸に道場を構えたのには、ただならぬ決意があったに違いあるまい」

「決意……」

「儂は、橋本道尚の親父とも浅からぬ縁がある。親父の忠成は槍の名手だった」

遠い目になる宗匠風の横顔を、女は静かに見つめ、

「柳生新陰流と宝蔵院流槍術……たしかに、このふたつの剣と槍の流派には深い関わりがございますよね」

「うむ……」

柳生新陰流の祖は、柳生石舟斎宗厳である。その子で、徳川家兵法指南役となった柳生丹波守宗矩の息子が、かの柳生十兵衛三厳だ。ちなみに、十兵衛の母親は、秀吉が若い頃に仕えていた松下加兵衛の孫である。

柳生十兵衛が武者修行していた頃、狭川牛之助という下僕がいた。まだ十二歳だったが、武術の筋はすこぶる良く、足も速かった。十兵衛が旅に出るとき、同行したいと懇願したのを押し留めて預けたのが、奈良の宝蔵院であった。

当時の宝蔵院の和尚は二代目・禅栄坊胤舜だったが、若い頃には江戸柳生の屋敷にて、宗矩の世話になっていたことがある。牛之助はそこで剣術と槍の修行を重ね、後に十兵衛が隻眼となって危機に陥ったときに、助けに馳せ参じたという逸話がある。

ゆえに、このふたつの流派の看板が並んでいても不思議ではない。

「じかし、これまでも、このふたつの流派が合わさったときには、天下動乱ありとされてきた……異国が開国を迫ってきた我が国の危難を察した者たちが立ち上がる兆し

やもしれぬ」

「橋本道尚という人は、御前に何も話していないのですか」

「何か事を起こすときに至れば、師匠であろうとも秘密は漏らさぬものだ」

「それで宜しいのですか。御前を裏切る行いやもしれませぬ。それどころか、徳川幕府を瓦解させるようなことを考えているのかもしれませぬ」

「――何故、そう思うのだ」

「大久保彦右衛門様が色々と動いている節があるからです。上様をお守りする立場の大久保様ならば、そのような輩はきっと潰しにかかりましょう」

「であろうな」

「さすれば、御前の門弟が加担していると分かり、御身も危ぶまれます」

「臣下の善悪が分からぬのが暗将だ。もし橋本道尚が邪悪者ならば、正道に誘えなかった儂のせいであろう」

「私は御前のことを……」

「儂のことを案じてくれるのは嬉しいが、あかね……世の中の動きとは、人の力ではどうしようもないものだ。さほど、大きなうねりならば、なるようにしかならぬ」

悟りきった物言いの宗匠風に、あかねと呼ばれた女は静かに頷くしかなかった。

「伊賀者のおまえなら分かるであろう」

そう言った宗匠風は、傍らにある長い棒状のものを、あかねの方に伸ばした。

釣り竿に見えたが、長さが一間半程の特別な煙管である。竹筒を繋いで竿状にしたもので、雁首には煙草の葉が詰められていた。これは煙草好きだった柳生但馬守が、煙を遠ざけるために造ったものだと言われている。

だが、実は九尺の長槍として使える細工もある。本来は室内で使うものだが、宗匠風は護身用武器として持ち歩いていた。

「――近くに、誰ぞの間者らしき人影がある。もしもの場合は、これで追っ払え」

宗匠風はあかねに言ってから、

「それにしても、月光尼をそこまで籠絡させている空最の門弟、寛仁とやらが跳梁跋扈しているとなれば、彦右衛門も引き下がってはおるまい……今こそ、斬ることになるかもしれぬな、橋本左内ともども」

「えっ……」

「あるいは、誰よりも生かしておかねばならぬ男かもしれぬが……儂が思っても詮のないことだ」

ピッと釣り竿を振って、浮き玉を移動させ、

「おまえも覚えておろう。ペリー来航直後、長崎で起こった大砲紛失の一件のことを」

「はい。ご公儀がオランダより買い入れた新式の大砲……たった一門の大砲で、千人の軍勢にも匹敵するとか」

「その大砲は分解されて、江戸に向けて護送していたらしいのだが、崖から海に落ちたとの知らせがあった」

「!?……」

「人足たちは四散し、護送の責任者もまた消えて、子細は一切分かっておらぬ。その上……落ちたはずの海を探らせたが、大砲は影も形もなかった」

「御前……もしかしたら、その裏にも橋本左内らが……」

「こやつが動いたかどうかは定かではないが、裏で糸引く松平春嶽ならば、さもありなん。尾張国内の街道筋も厳しく改めさせているが、落としたと見せかけて、一体、何処の誰が横取りしたのかのう。落ち着いて釣りもできぬわいなあ」

宗匠風はふざけた調子で言うと、長い煙管を思い切り吹かすのであった。

その夜、駿河台の大久保家に、佐助が舞い戻ってきた。自室にて書き物をしていた

彦右衛門の所に、用人の檜垣と共に来ると、

「た、大変でございますよ、大将……」

と佐助が大声を上げた。

「真夜中になんだ。また木戸番と喧嘩でもしたか。おまえも檜垣に似てきたな」

「それどころじゃねえんでやす。た、大砲が盗まれやした」

あまりに慌てた様子の佐助に、檜垣が口添えをするように前に進んだ。佐助は廊下に控えたままである。

「雑駁に申し上げますと、佐助は橋本某や坪井らの怪しい動きを探っているうちに、怪しげな女廻り髪結いを見かけ、さらに宗匠風の中年男と密談しているのに遭遇したそうです。その男は、どうやら此度の一件を謀反と捉えていた様子でしたが、公儀の味方か、謀反の仲間か分からぬ様子だった……とか」

「そ、そのとおりでやす」

彦右衛門は一瞬、驚いた顔になったが、

「どんな風貌だった」

「暗くてハッキリは……でも、何処かで見たような気もしやしたが、思い出せやせん。なので、こっそりと尾けやした。そしたら、なんと……市ヶ谷御門外の尾張屋敷に入

っていったのです」

「尾張様の……」

と繰り返したものの、彦右衛門はそれを聞いて、何か得心したように頷いた。その表情を見て、佐助の方が尋ねた。

「なんでやす、大将。心当たりでもあるんでやすかい。その人は大砲を盗まれたってことを、まるであっしに聞こえるかのように話してたんですぜ」

「さようか……」

彦右衛門は苦笑すると、書き物を終えて、封書に包み、

「檜垣……これを、話に出たばかりの尾張藩邸に届けてくれ。なに明日の朝でよい。しかと頼んだぞ」

と手渡した。

宛名は、柳生兵庫助様となっている。その文字をまじまじと見た檜垣は、

「――殿様。これは、尾張柳生の当主でございまするか」

「さよう。かの柳生十兵衛とは従兄弟にあたる兵庫助利厳が尾張柳生流を起こしてから、代々続いておるが、当代も兵庫助と名乗っておる。よしなに頼んだぞ」

「は、はい……」

檜垣は深く頷いたものの、打ち震えるように背中を丸めた。佐助はその様子が気になって仕方がない。

「尾張柳生の当主……一体、何が起こっているのです、大将」

「おまえが尾行して見かけた釣り人は、兵庫助殿に違いあるまい。大砲の云々の話は儂の耳にも入っていたが、兵庫助殿ともあろう御方が、おまえが聞き耳を立てていたのに気づかぬはずがない」

「…………」

「女髪結いは兵庫助殿の間者で、わざとおまえの目に付くようにして近付かせ、話を聞かせたのかもしれぬな」

「な、なんのために……」

「おまえのことを一心(いっしん)佐助と承知の上で、儂に何かを伝えたかったのであろう」

「え……」

「詳しくは言えぬが、兵庫助殿と儂は表立って会えぬ立場だ。はは……やはり、お玉が池の道場や水戸家と関わりがある橋本左内らの動きを探っていたとみえる」

「ま、そんな様子でしたが……」

「儂もこうして文をしたためていたところゆえな、お互い気持ちが通じておった……

という こと に して おこう」

彦右衛門は屋敷中に響き渡るほど豪快に笑うと、

「うるそうございます」

と何処かから睦美の声が聞こえた。その瞬間、首を竦める彦右衛門だった。

四

数日後、本所水戸屋敷の隣にある竜泉寺に、麗しき女人がふたり訪れていた。

四十絡みの尼僧と、もうひとりは打掛を纏った色白の美貌の持ち主だった。いずれも高貴な雰囲気を漂わせており、住職を前にして、坊主に差し出された茶を静かに飲んでいた。

慶長元年に、天台僧によって創建され、江戸に来た空最も修行した寺である。厳かな空気の中で、ふたりの女人の溜息が長旅の疲れを表している。

住職が改めて深々と頭を下げると、

「此度は急なお申し出ゆえ、充分なおもてなしが出来るかどうか不安でございますが、どうぞお許し下さいませ」

と野太い声で言った。

「何を申す日寛殿……貴僧の弟子である寛仁殿の計らいで、尾張領内も何事もなく通ることができ、無事、江戸に参ることができました。ありがとうございまする」

尼僧の方が丁寧な口振りで答えた。

「後は、本寿院様と瀧山様にお目にかかることができれば、これ幸いに存じます。というか……そのために来たのですからね」

「はい。月光尼様と九条貴子様が隠密裡に江戸に下られてきたこと、感謝致します」

日寛は月光尼と貴子の僕のように、今一度頭を下げて、

「お喜び下さいませ。空最様は自ら御身を仏に捧げましたが、そのお陰で計画はすべて予定どおりに進んでおります」

「さようですか。では、例の荷も、決行に間に合うのですね」

「もちろんでございます。すべては月光尼様と貴子様のお陰でございます」

「──日寛様……ようやくこれで、長年の夢が叶います」

月光尼は日寛の目をじっと見つめ、深い思いを噛みしめるように、

「はい。ただ気懸かりなのは、大久保様が薄々とこの一件に気づいているのではないかと……」

「大久保……？」

「上様が一番お気に入りの御書院番頭、大久保彦右衛門様でございます」

その名を聞いて月光尼は俄に目を細めて、「なんとッ。あの年寄りめがまたぞろ邪魔をする気ですか……十余年前の太田備前守が乱を起こそうとした折のこと、私は決して忘れませぬぞ。あの時は……」

と悔しそうに声を絞った。とても、仏に仕える身分の者の顔ではない。

「承知しております。決起したのも、この寺でした」

日寛の表情も僧侶ではなく、まるで野武士のように荒ぶった様子で、

「時の老中・太田備前守が、将軍・家慶公の無策ぶりを正すため、ご子息の右京之介様と共に、芝増上寺参詣の折を狙って襲撃する手筈になっておりました」

「…………」

「ですが、旗本の橋本忠成なる者が、右京之介様と揉め事を起こし、謀反の出鼻を挫かれてしまった……橋本は事前に承知しており、わざと酔った上で争いを演じて、右京之介を斬り捨てたのです」

言うまでもないことだと、月光尼は憎々しい表情で見つめていた。

「右京之介様は、月光尼の許婚でしたね……あの事件があってから、あなた様は供養するために出家なされた」

「さよう……忘れるものですか」

「なのに、ただの喧嘩として、橋本忠成は切腹で片付けられ、事を収めるために、時の老中首座・水野忠邦は太田家を……ですが、安心下され。二度と同じ轍は踏みませぬ」

日寛は自信に満ちた顔になって、

「そのために、空最様が人身御供となり、それがため世間の人々の多くは、我らを信心しており、この世を良くするために、幕府が瓦解することを望んでおります」

「…………」

「さらには、橋本忠成の息子である道尚は、本来なら謀反を止めた功労者として祀られるはずの父親が、ただの喧嘩の上で、老中の息子を斬った奸賊として始末された……悔しさと恨みが積もり積もって、此度は我らと共に無念を晴らすこととなっております。そのため、お玉が池にて武芸者を沢山、集めておりますれば」

「――いよいよですね……貴子様。近いうちに幕府は潰れ、帝と公家を中心とした、穏やかで幸せな治世が訪れましょう」

「日寛様も、それほど固いお心だと知り、これに勝る喜びはございませぬ。ねえ、貴子様……同じ思いでございましょう」

月光尼が声をかけると、貴子の方は少し驚いたような顔になっており、

「わらわは、本寿院様に会いとうて参ったのだが……何か他に思惑でもあるのか。謀反だの恨みだのと物騒な話じゃ」

「貴子様が案ずることではありませぬ。ええ、本寿院様と再会なされるのが、何よりの楽しみでございまするな」

「でも、本寿院様は家慶公のご側室で、上様の御母上……幕府を潰すとかなんとか、恐ろしい話でございます」

貴子は不信感を抱いたが、日寛も月光尼も穏やかな目つきに戻って、

「座興でございますよ。貴子様をからかったのでございます。申し訳ございません。今宵はゆっくりと旅の疲れを癒やして下さい」

とふたりして言った。が、貴子から不安が拭える様子はなかった。

「それにしても、例の荷はまこと届くのでしょうや、日寛様」

「ご安心を、月光尼様。たとえ公儀の役人といえども、御門跡の行列には手を出せますまい……もし万が一のことがあっても、どうしようもないことだと思いますがね」

ふたりの顔を見ている貴子の顔には、ますます不安の色が広がっていた。

そんな様子を――。

中庭の植え込みの陰から、黒装束のあかねが見聞きしていた。

五

江戸市中の商家では、相変わらず雲水らによる門付けが行われていた。代わりに、護符箱を差し出して、

「不動明王の護符箱をどうかお納めの上、今月晦日の暮れ六つに……」

と同じことを伝えるのだった。

その雲水が出てきたとき、目の前に彦右衛門が立っていた。

「何のために、かようなことをしておるのだ」

「は……?」

「なに。おまえたちが門付けで配っているのは爆弾か何かと思うておった」

「——どなた様で……」

「儂のことより、おまえたちだ。雲水の格好をして何が狙いだ」

「なんのことでしょうか……」

訝しむ雲水を横目に、彦右衛門は近付いてくる槍を持った若侍に気づいて、

「あれこそが、おまえたちの師匠ではないのか。そういえば、お玉が池の道場の門弟の中に、おまえもいたような……」

と顔を覗き込んだ。

雲水は御免と言って、そそくさと立ち去ったが、若侍の方が近づいて、

「これはこれは、大久保様……かような所で会うとは」

と、わざとらしく声をかけてきた。

橋本道尚である。脇に挟んだ槍は地面を向いているが、いつでも四方の敵を斬り裂くような気迫ある構えだ。

「大久保様は何やら、お気に召さぬようですね。あの門付け一行が」

「さよう。あの門付け一行が赴く所に、おぬしの影もあるということがな」

「まさか……」

「人というものは形を変えても、目の動きや体のちょっとした動きで、同一人物かどうか分かるものだ。おぬしのような武芸者ならば当然、理解できると思うがな」

「…………」

微かに引き攣らせた橋本の頬に、すぐに笑みが浮かび、

「ここで会ったのも何かの縁。如何でございますか、軽く一献。色々と聞きたいお話

もございますれば」

「よかろう」

彦右衛門はふたつ返事で、近くの蕎麦屋に入り、奥の小上がりに陣取った。

祖父と孫にしか見えぬふたりだが、無言で差しつ差されつする中に、目に見えぬ火花が散っている。いや、彦右衛門の方は好々爺然としているが、橋本の方は道場で見せていた師範の顔ではなく、どことなく野卑な感じすらする。

「いや……私はまだ若いし、こういう探り合いは苦手でございまして」

橋本は首を左右に激しく振って、

「年は違えど、目指す武芸の道は同じ。いいえ、上様の側近中の側近であらせられる大久保様には色々と話を聞きとうござる。ここらで、お互い腹を割って話し合うことはできませぬか」

「腹を割って……となͅ。はは、年下から言われたら、まさしく片腹痛いが」

不機嫌ではないが、作法が違うのではないかと彦右衛門は伝えたかった。だが、今時の若侍の姿勢に文句を言うほど野暮でもない。

「これは失礼をば致しました。ですが、これからはあなたのことを、ご意見番と呼んでも宜しいでしょうか。はは、〝天下のご意見番〟から学びたいのでござる」

「学びたい……」

「はい。あなた様は忌憚のない意見を上様にもおっしゃるとのこと……されば、私のような若造の意見にも耳を傾けて下さるかと」

　素直に言っているつもりだが、橋本の表情は強ばっていた。

「大久保様は、私らのような食い詰め浪人の気持ちは分からないかもしれませぬ。しかし、必ずしも御公儀のことばかりではなく、少なからず弱き民のために、ご尽力をなさったと聞き及んでおります」

「さようか……」

「失礼を承知で申し上げますが、大久保様ほどの御仁が、わずか千石の旗本とは如何にも少なすぎる。大名のような働きをしているのに……しかも、子沢山で二十人近い大所帯だそうではありませぬか」

「だからといって、不満に思ったことはない。我が家の第一の家訓は、なんだと思う」

「えっ……」

「清貧を心がけよ、である。節約こそが第一。知足安分。足るを知って、己が与えられた境遇に従うことだ」

「確かに立派ですが、ならば余計に、私たちの胸の内が分かるはずでございます」

じっと眼底を覗き込むように見つめ、

「今は子細は申せませんが、この橋本道尚、同じ誓いを立て、ひとたび仲間となった者のためには、命を惜しまぬ所存です」

と明朗な声で言った。

彦右衛門は他の客に聞こえるぞと制するように囁いてから、

「命を惜しまぬ……とは、まるで親父殿と同じ口振りだな。橋本忠成殿は、気骨の士であった。儂もよう知っておる」

「ならば、我らに手をお貸し頂きませぬか」

「手を貸す……?」

「武士道を信じ、ひたすら忠義に励んで生きてきた不器用な我らは、浪人同士手を取り合うほかは決して、生きてゆけないのです」

「…………」

「父上は仮にも旗本の端くれでした。謀反者を成敗するために、しかも幕府の中枢にいた者が公儀を裏切るようなことを画策していたがために、父上は刃を向けたのです。にも拘わらず、咎められた上に御家断絶……あんまりでございますッ」

声は低めているが、橋本の気迫は全身に漲っていた。

「そのことを恨んでおるのか……」

「――集まった同志らは、立場や事情が違えども、似たような煮え湯を飲まされてきた者ばかりです……座して死を待つよりは、剣を取って死を選びたい！　それによって必ず道は開け、正義が勝つ！」

カッと開いた橋本の目は常軌を逸しているようにさえ見えた。

「橋本……いや道尚殿……おぬしは本気で、剣によって道が開けると考えているのか」

「元より死ぬのは覚悟の上」

「柳生新陰流も宝蔵院流槍術も、争いはせぬ……のが根底の教えのはずだが」

「…………」

「武という文字は、ふたつの矛を止めると書く。争いを起こすのではなく、事があれば止めるのが本道……父上はまさしく争い事を、我が身を持って止めたのだ」

「ならば、何故に……！」

「切腹も御家断絶も覚悟の上でのことだったのだ。そして、儂のことも含めて、決して友には迷惑をかけぬと……仲間を集めて、傷を舐め合うおぬしらとは、武の心得が違う」

彦右衛門にそう言われて、一瞬、橋本は幻惑(げんわく)されたように見つめていたが、

「さようですか……ならば大久保様も父を見捨てたひとり、ということですね」

「…………」

「父が捨て石となったように、我らも捨て石となって、腐った幕府を糺(ただ)し、世直しができれば、それで充分でござる！」

「おぬしたちが目指すそのことのために、巻き込まれ、殺される庶民を、おぬしはどのようにお考えか？」

「世の中を変えるために、多少の犠牲は仕方がありますまい」

「何も知らぬ子供たちもか」

「…………」

「少なくとも忠成殿は、世が乱れるのを止めたかった。犠牲者が増えることを避けたかったのだ。武芸を極めたおぬしなら、屹度(きっと)、分かることだと思うがな」

問い詰める彦右衛門を、さらに橋本は睨みつけて、

「大事の前です。人々は、この太平の世に慣れきって、惚(ほう)けております。犠牲となったとしても、かような公儀に無批判に従ってきた自分たちのせいです」

と言下に述べた。

「犠牲、とな……空最を騙し討ちのように焼き殺したのも、仕方がない犠牲者だというのかッ。雲水の護符箱に火薬を仕込んで江戸中を火の海にすることも！　仕舞いには大砲をもって千代田の城を撃つつもりであろう！」

「!?――ど、どうして、そこまで……」

知っているのかというふうに、橋本は目尻を歪めたが、彦右衛門は睨みつけたまま、

「おぬしも誰ぞに操られておるのだ。幕府や藩に不満を抱く者たちを集めるために、おぬしの武芸を利用されたのだ。操っているのが誰なのかも、およそ見当がついておる」

「………」

「妄信とは恐ろしいものよのう」

彦右衛門が睨みつけると、ほんのわずかだが橋本の瞳が揺らいだ。

「どうでも事を起こすというのなら、この大久保彦右衛門も捨て石となって、断固、おまえたちに立ち向かおう。たとえ、どんな御仁が後ろにいようと、儂は将軍を守るのが使命。将軍を守るとは、この国の民を守るということだ」

毅然と言ってのける彦右衛門に、橋本は負けぬくらいの目で睨み返した。

「まだ、若いのう……すでに、おまえはしくじっておるぞ」

「なんだと……」

「得意の槍を使うには、ここは狭すぎる」

残りの酒を飲み干して、彦右衛門は立ち去った。だが、橋本は微動だにできなかった。槍の柄を握りしめたまま悔しそうに口を歪めたが、額にはじわっと汗が滲み出た。

六

大久保家の屋敷内では、彦右衛門を中心に龍太郎、拓馬、猪三郎が車座になっていた。久しぶりに父と息子三人が膝をつき合わせて深刻な顔をしている。

「かような国難の折には、男がたったの三人というのは心細いことだな」

彦右衛門が溜息をつくと、龍太郎は慰めるように、

「なにを弱気なことを、父上らしくない。いつも我ら息子はひとりひとりが百人力だとおっしゃっているではありませぬか」

「ただの親の欲目だ」

また溜息をつく彦右衛門に、次男の拓馬は冷ややかに、

「ならば俺が大砲を造って見せましょうか。ペリーが来航する前から、長崎留学をしたときにオランダ製のものはたんと見て、学んできましたからね」

「大砲一門で解決するものではない」

「ですが、刀や槍でヤットウと斬り合うだけのご時世ではない気がしますがね」

「なに、いかに大砲や鉄砲の威力があろうとも、最後の最後はひとりの人間同士、腕のある者が勝つ。おまえたちとて心得ておろう」

彦右衛門が説教じみたことを言うと、三男の猪三郎はどっちつかずで淡々と、

「私たちが議論しても仕方がありますまい。佐助から聞きましたが、敵は大砲や爆弾を使うのは間違いないだろうから、大勢の人々が犠牲になる前に止めるには……」

「止めるには……？」

「母上に頼むしかないのではありませぬか？」

「なんと……」

「だって、水戸斉昭様が後ろ盾になっているのならば、水戸家の出である母上に説得して貰うしかありますまい」

「女を頼れというのか」

「男とか女とか言っている場合ではありますまい。事実、本寿院様は元より、瀧山様、

さらには九条貴子様だの月光尼だの、女性の名がちらちら出ているではありませぬか……うちの姉上も一枚噛んでいるかもしれませぬよ」

「いや、それは……」

「ないとは言い切れませぬ。一度、信心すれば、人が思い込みだと諭(さと)しても無駄ですね。本当に私は心配してます」

猪三郎は自分は仏教を信じてはいるが、他人を殺すために利用することは、決して仏が望んでいることではないと断じた。すると、拓馬はからかうように、

「俺は信心が足(た)りぬから、仏が何と言うかは知らぬが、人は弱いものだから、弱い心に付け込む輩が許せぬ」

と言った。いずれにせよ、この父子は騒乱を避けるためには、如何なる手立てがよいか真剣に語り合った。

「遠からず事は決まる……橋本道尚はそう覚悟している様子だった。しかし、道場の門弟や修験者や雲水もどきを合わせても、およそ三百人ほどしかおらぬ。それだけで、天下をひっくり返すほどの事が成るとは思えぬ」

彦右衛門は深い考えに沈んでいきつつも、

「何かある……あやつらの自信に繋がる何かが……」

その時、いつものように檜垣がドタドタと足音を立てて、

「一大事でござる。一大事でござるッ」

と大声を上げて駆けてきた。

いつもなら捨て置くか、からかうのだが、時が時だけに、彦右衛門は「何事だ」と腰を浮かせて迎えた。

「これを、ご覧下さいませ」

檜垣が三方（さんぽう）のような箱に載（の）せて差し出したのは、花火の玉みたいな物である。一尺程の大きさがある。

「ほう。これは大砲の弾（たま）ですね」

拓馬が言うと、彦右衛門たちは目を丸くして、

「どうしたのだ、これは」

「殿の命令どおり、私めは佐助らとともに、品川（しながわ）の本陣を張り込んでおりました」

本陣とは大名や公家などが、宿場で宿泊する所である。脇本陣共々、公儀の役人らが詰めており、警戒が厳しい。もっとも空（あ）いているときは、豪商などが金に物を言わせて泊まることもあるが、今般はなんと、九条貴子一行が宿泊していた。

むろん、九条貴子はすでに隠密裡に江戸入りしている。つまり、本陣に泊まってい

るのは付き添いの者たちばかりである。

「この本陣には、旅の荷物にしては、あまりにも多すぎる長持が担ぎ込まれたと、品川宿の役人から聞いて、私めは公儀御書院番頭・大久保彦右衛門の側役と名乗り、荷改めを申し出ましたが……」

　檜垣は首を横に振りながら、

「畏れ多くも九条様のお荷物を調べると申すのか、と押し返されました。それで私めは察しました。何か隠し事があると。それで、佐助が忍び込むと申し出て……あいつは、あの体つきながら意外と身が軽く、本陣に忍び込んだ挙げ句、これを探し出してきたのです」

「危ないことをするなあ……」

「殿ほどではありませぬ。長持の中には、木と鉄でできた奇妙なものが幾つも並んでおりました。おそらく……」

「うむ。大砲を分解して詰めていたのであろうな。まさに〝入鉄砲〟ですな」

　拓馬が当然のように頷くと、檜垣も大袈裟に打ち震えながら、

「と……ということは、いよいよ容易ならんことになって参りましたな。公家までが手を貸しているとなりますと……！」

戦になると言うと、彦右衛門は首を横に振った。

「いや、おそらく貴子姫は利用されているだけで、何も知らぬのかもしれぬ。月光尼と一緒に来ている節があるのでな」

「と申しますと……」

「空最、月光尼、本寿院……この繋がりから見えてきたものがある。この大砲の弾を見て、いよいよ確信したぞ」

その時——裏手の空き地で、ドカンドカン！　と大きな爆音がした。

彦右衛門が慌てて廊下に踏み出ると、塀越しに煙が上がっているのが見える。

「何事だッ——」

駆け出そうとする彦右衛門を制して、猪三郎がまずは表に向かった。空き地の片隅で座り込んでいたのは、彦右衛門の九女で末娘のとめであった。

「何をしておる、とめ……」

「兄上……焚き火の中にアレを放り込んだら……」

「アレ……?」

「睦美姉さんが後生大事に持っている護符箱でございます」

「御符箱……どうして、そんなことを」

「父上が何やら怪しいと町中から、できる限り集めましたよね。でも、中には何もなかった……睦美姉さんが持っていたのにも何もありませんでした」

「………」

「これは神聖なものゆえ、絶対に触れてはならぬと、睦美姉さんが神がかりな顔でいうので燃やしてやろうと思い立ちました。だって、どう考えてもおかしいですもの。二束三文の茶壺や掛け軸を高値で買ったりして」

「そしたら、爆発したというのか」

「は、はい……」

猪三郎の手を借りて、ようやく立ち上がったとめの顔面は蒼白になっていた。

「一歩間違えば、おまえが……！」

ひしと妹を抱きしめた猪三郎の姿を見ながら、後から駆けつけてきた彦右衛門たちも只ならぬ光景を見て、立ち竦んでいた。彦右衛門が燃える炎に近づこうとすると、

「まだ待って下さい、父上ッ」

と拓馬が引き留めた。途端、黒煙が巻き上がった。しばらくして、再び、ドカンドカン！　と激しい音を発して燃え上がった。

粉塵が舞い上がり、近場の武家屋敷からも「すわ、何事か」と家臣らが飛び出して

きた。火除地は当然のこと、江戸市中で焚き火は厳禁である。とめは、まさかこのようなことになろうとは思わず、枯れ葉とともに燃やすだけのつもりだったのが、大騒ぎである。

拓馬は不審げに目を向けながら、彦右衛門に言った。

「父上……やはり、あれには細工が施されていたようですね。空に見せかけて、護符箱の木の間に火薬を埋め込んでいたのでしょう」

「そのようだな……」

「しかも、爆発するのと、本当にただの空箱とを用意していた。探索を攪乱するためでしょうが、俄坊主たちが江戸中にばらまいた御符箱は数十、いや数百……すべて回収はできておりませぬ。それが晦日……あさってには一斉に爆発するということにッ」

「やはり橋本らは、その騒ぎに乗じて決行するつもりなのだ」

彦右衛門はそう思いながらも、もう一度、できる限りの護符箱を集めるしかない。町名主や町火消しはもとより、読売などにも呼びかけて、決して火に掛けぬよう徹底した。

だが、ひとつも洩れなく集めるのは、無理かもしれなかった。睦美のような〝信者〟ならば回収に応じないだろうからだ。

その日のうちに、彦右衛門は尾張屋敷を訪ねた。隠居である柳生兵庫助が身を寄せて、家臣に稽古をつけていることは、前々から知っていることだ。それゆえ、先だっても文を出していたのが、

「返答を聞きたい」

と待ちきれずに押しかけたのだ。

離れの一室に居を構えていた柳生兵庫助は、尾張家の家来に案内されてきた彦右衛門を迎えて、深々と頭を下げた。

「大名並みの貴殿に頭を下げられては、申し訳ござらぬ」

彦右衛門が下座に控えると、兵庫助は冗談はよしてくれとばかりに、上座を勧めた。上様の側近をないがしろにするわけにはいかないからだ。だが、頑なに彦右衛門は拒んで、

「さような形式よりも、一大事でござる。私の文を読んで下さいましたかな」

と前のめりになって尋ねた。

「もちろんでござる。されど……水戸斉昭公が後ろ盾となって、松平春嶽家臣の橋本

左内やその係累の橋本道尚、さらには本寿院や奥医師らが謀反を画策しているとは、到底、納得できぬことでござる」

「しかし、貴殿は私の密偵同然の男、佐助が聞いているのを承知で、私に伝えたかったことがあるではないか……大砲のこともそうだ」

「大砲……」

「うちの用人らが見つけ出してきましたぞ。九条貴子姫の本陣から大砲の弾が。他にも大砲を解体したものも」

彦右衛門の報せに、兵庫助はさして驚きもしなかった。当然、密偵に探らせて承知していることなのであろう。それでも兵庫助は、謀反という言葉は使わずに、

「ペリー来航を機に、徳川幕府に不満を抱いている分子が騒ぎ始めたのは事実。されど大久保殿……事は慎重に見極めねばなりますまい。もしかしたら、異国の者たちの手によって、我が国で内乱を起こさせ、いずれもが疲弊をしたところを狙って、攻めてくるやもしれませぬ」

「異国が……」

「さよう。他所の国ではその憂き目に遭っているではありませぬか」

清国での阿片戦争などもそうだったと、兵庫助は言った。日本の戦国の世でも、同

様の兵法によって混乱を生じさせた隙に攻め入ったことは幾らでもある。

「世の中は乱れておるが、私は彦右衛門殿と違って隠居の身。まだ子供ではあるが、厳周に家督を譲って、尾張柳生は任せています。よって、政にも口出しはせぬつもりです」

　拒むように言う兵庫助に、彦右衛門は真剣なまなざしで、

「見・機・体とは、柳生の術理でございまするな。敵の動きを一筋に見、敵を動かす仕掛けはすべて、我が仕掛けによって動かす。だが、敵の動きは見ずに、己れの心と身体に収める……釈迦に説法ですが敢えて言いますぞ。この動乱の兆し、如何なさいまするか」

「これは厳しいご指摘ですな」

「しかも、兵庫助殿……九条貴子様の行列を利用して、大砲を江戸に運ぶことの指揮を執るとしたら、橋本左内や道尚ではできることではありますまい」

「だから後ろに、水戸斉昭公や松平春嶽がいると？」

「さよう」

「ですが、まだその証拠はありませぬ。うかつに手を出すことはできますまい。しかも、大砲一門で事を起こせましょうや」

「それには私も同感だが……橋本道尚は、貴殿の門弟だとか」

「さよう……」

「ならば直に問い質すことはできまいか。儂は、あまり頼りたくはなかったが、妻の千鶴をして水戸家に探りを入れる所存……それこそが、武道の極意、先の先ではござらぬか」

「たしかに、企みの全貌が分かるまで……気がはやろうとも、ここは探りは続ける一手かもしれませぬな」

兵庫助はそう言った。お互い得心したように見つめ合っていたが、彦右衛門も腹の底の底までは読めぬと感じていた。

七

本所水戸屋敷の一室では、すでに当主は譲っているものの、まるで〝大御所〟のように藩政に睨みを利かせている徳川斉昭が、不愉快な様子で酒を飲んでいた。

徳川御三家の中では将軍が出ない仕組みになっているから、〝天下の副将軍〟と呼ばれてきたが、斉昭には風貌も体軀も将軍の風格があった。年齢は家定が遥かに若いが、比べるべくもなく、斉昭に貫禄(かんろく)がある。

　この時代にあっても、武家の女は勝手に外を出歩くことなどはできない。泊まりがけとなれば、当主のみならず幕府の許しがいる。〝出女(でおんな)〟を警戒してのことだ。

　だが……水戸家へともなれば融通(ゆうずう)が利いたのであろうか。斉昭のもとに、彦右衛門の妻である千鶴が来たのは、同じ夜のことであった。もはや一刻の猶予(ゆうよ)もないからだ。

「しばらくぶりでございます。先触れの用人に対して、快(こころよ)く承(うけたまわ)って下さり、感謝の言葉もありませぬ」

　正装ではないが、窮屈(きゅうくつ)そうに平伏する千鶴に、斉昭は穏やかな顔で、

「堅苦しい挨拶(あいさつ)は抜きにしましょう。私と千鶴殿の仲ではありませぬか。ささ、酒も少しはいける口だったでしょう」

「ありがとうございます。でも、それは祝杯に取っておきとう存じます」

「祝杯……？　はて、私は千鶴殿を嫁に貰いたいと何度も嘆願(たんがん)したが、親戚ゆえ遠慮すると断(ことわ)られましたが」

　今でも恋しいとでも言いたげな斉昭に、千鶴は惚(とぼ)けたように、

「女は昔のことは忘れるものでございます。今は大久保家の者として参りました」

「はは、それが堅苦しいというのだ……で、祝杯とは、なんぞ」

「謀反を鎮めて後の祝い酒です」

「――謀反……とな」

さすがに斉昭の表情も曇ったが、千鶴は平然とした顔で続けた。彦右衛門たちから聞いた大砲の話、そして、空き地で爆破炎上した護符箱について伝えてから、

「この本所深川界隈では不穏な動きがございます。奥医師である坪井家も関わっております。坪井家は越前松平家とも繋がりがあり、春嶽公の家臣も遊学と称して逗留しております。ご存じでしたか」

「知らぬ……」

「この本所屋敷の隣……竜泉寺には、九条貴子姫と月光尼が逗留しており、明後日に千代田の城にて、本寿院様とお目通りなさる予定になっております」

「なに、まことか……」

まじまじと斉昭の顔を見つめる千鶴は、ほんのりとした微笑みを漏らし、

「本当に知らないようですね。斉昭様はうちの主人と同じで、どちらかというと感情を露わにする方ですから、嘘と本当の区別が分かりやすいです」

「褒められている気がしないが」

千鶴はクスッと笑ってから、申し訳なさそうに謝り、

「斉昭様のお気持ちもお察ししております。この国の行く末を本気で案じておいでです。主人も同じです」

斉昭は三十歳になるまで部屋住みにすぎなかった。だが、若い頃から英明の誉れが高かったため、斉昭を次期藩主に推す学者や下級武士らが江戸に来て陳情する大騒動を起こした。その後も、色々と揉めたが、実兄で仙台藩主・斉脩の遺言どおり、藩主に収まったのだった。

しかし、無断登城の一件で隠居させられたものの、家定の病状もあって、将軍継嗣問題が密かに湧き上がっていることから、斉昭も当然、その動きに関わっていたのだ。

「上様の容態は如何でござる。なに、私の耳にも入ってきておるが、長らく病床に伏しているとか」

「それは恋の病にございます」

「戯れ言は千鶴殿らしくないが、まあよかろう。いずれにせよ上様には正室も世継ぎもおらず、いずれ幕閣でも問題になる。幕府重職に連なる大名は、紀州の慶福様を推しているようだが……」

「吉宗公を引き継ぐ紀州からが筋ということでしょう。謙虚で忍耐強く、人の話をよく聞くとのこと。しかも藩主らしからぬ質素な暮らしぶりも、吉宗公譲りだとか」

「太平の世ならば、それで宜しかろう。しかし、国家存亡の危機に必要なのは、国を背負って立つ将軍としての力量がなければならぬ。自画自賛だが、我が子の慶喜は国難を救う器量、才覚、武勇に長けておる」

「そうでしょうとも。斉昭様とそっくりでございますものね。政のことに、女が口出しはできませぬが、ひとつだけお願いしたいのは、民百姓を犠牲にせぬこと。特にこの先の世を受け継ぎ、作っていく子供の……」

「もっともだ」

「されど殿方は戦となれば、多少の犠牲はやむを得ないを合い言葉のように使い、人々を塗炭の苦しみに落とします」

穏やかな表情ながら、強い目で訴える千鶴に、

「――千鶴殿は、私にどうしろと」

と斉昭は痺れを切らしたように訊き返した。感情は露わにしていないが、千鶴の本音を見抜きたい様子だった。

「この本所屋敷の隣にある竜泉寺におられる貴子姫と月光尼に会って、謀反の真意を糺して止めて貰いたいのです。住職の日寛様も当然関わっていると思われます。いえ、むしろ扇動している節もある」

「…………」

「大砲や鉄砲といえば、斉昭様はかつて釣り鐘や仏像を壊してまで造った御方。それらは刀や槍という防御するものとは違って、人々を殺戮（さつりく）する道具に過ぎませぬから、どうかお引き留めを」

千鶴は真剣なまなざしに変わって、

「どうぞ、宜しくお願い致します。斉昭様が首謀者でないならば、是非に止めて下さいますよう、お願い致します」

と背中を曲げて平伏した。

「国難の前の動乱を救えるのは、斉昭様しかおりませぬ」

「ほほう……大層な皮肉ですな。だが、千鶴殿の願いであれば、嫌とは言えぬな」

「ありがとうございます」

「じかし、勘違いをされては困る。家定公は残念ながら将軍の器（うつわ）ではない。太平の世ならば、お飾りで済むが、有能な将軍でなければ、この乱世は切り抜けられぬ。今、徳川家でそれを担（にな）えるのは慶喜しかおらぬ」

「はい。いずれ上様となる御仁と存じます」

お世辞ではなく、千鶴はそう感じていた。斉昭は満足そうに頷いて、

「とまれ、私ができる限りのことはしよう。だが、相手があることゆえな、私が動いて吉と出るか凶と出るかは神のみぞ知る、だ」

千鶴は微笑みを浮かべると、もう一度、深々と頭を下げるのであった。


その頃、竜泉寺の庫裏の一室では――月光尼が苛々と歩き廻っていた。

「大丈夫ですかね。無事に着くでしょうか、大砲は」

吐き出すように言う月光尼に、日寛は落ち着くよう茶を勧めて、空最を信望していた人々の援助もあり、九条貴子一行として品川宿から高輪の大木戸を抜けたと伝えた。

「後は明日……今月の晦日、決行を待つだけでございます」

「日寛様、必ずや事が成就するよう、阿弥陀如来に祈って下さいませ」

「はい。見守ってくれております」

「それで……貴子姫と共に、本寿院様に会った後、貴子姫はどうなりましょう」

「お気の毒ですが、死んで貰う他ありますまい」

「本寿院様は……」

「今更、怖じ気づいたのですか。殺すために会うのではありませぬか。本寿院様が亡くなれば、役立たずの家定公も屍同然となり、幕府はもぬけの殻となりましょう」

「ですね……」

「貴子様も事情はすでに察しているはず。幕府を倒して、朝廷を中心とした世の中を作るのが、我々の考えだったのではありませぬか。そのために橋本左内や道尚ら同志が、江戸にて大暴れをするのです」

その時、廊下に貴子が立った。

「さようなこと、断じて私が許しませぬ」

「姫……座興はやめましょう」

日寛の表情が俄に閻魔のように険しくなり、

「あなたも古のように、朝廷が支配する世の中が夢だと話していたではないですか」

と小馬鹿にしたように言ったが、

「お黙りなさい。おまえたちは私を利用しただけのこと。そもそも、月光尼……あなたは紀州藩と手を握り、江戸庶民の血は流さずに公儀を覆すと話していたではないですか……あれは嘘だというのですか」

「………」

「ふたりとも仏に仕える身ながら、嘘をついていたのですか」

なじるように言った貴子を、月光尼も腹を決めたかのように、薄気味悪い笑みを浮

かべた。ゆっくりと貴子に近づきながら、

「やはり苦労知らずの姫様は、救いようのない馬鹿ですね。信じておられたのですか。あのような戯言を」

「戯言……ですと」

「空最を信望していたあなたも、妄信している庶民と同じくらい馬鹿なんですね」

「…………」

「仏舎利を買い漁る姿を見ましたか。あれが庶民の浅ましい姿です。そんな者たちが犠牲になることこそが、仏様のお慈悲です。後は私たちのような賢くて、世のため人のためになる者たちに任せて下さいまし」

「なにを血迷うておる、この愚か者！」

　貴子は声を張り上げたが、空しく響くだけであった。日寛も哀れみをかけるような笑みを湛えながら、

「八百万石の徳川幕府は、夢物語では倒せませぬぞ、姫。権力の座は常に多くの血を求めるもの。御仏の願いどおり、明日の夜、江戸は火の海になりましょう」

「火の海ですと……そんなこと私が許しませぬ。日寛、月光尼、直ちにさような……」

言いかけた貴子に、日寛は威圧的に怒鳴りつけた。

「紀州と手を握り、門跡を使って大砲も運んだからには、もはやあなたの役目は終わった。今後、余計な差し出口は一切ご無用に願いたい。でないと、朝廷ですら危うい事態になりましょうぞッ」

射すくめるように見る日寛と月光尼を、貴子は撥ね返すように睨みつけ、

「いいえ。私はあなた方の言いなりになどなりませぬ」

と必死に抗ったとき、別の襖が開いて、悠然と入ってきたのは——斉昭だった。

「近所迷惑も大概にせい。うるそうて眠れぬではないか」

「こ、これは斉昭様……」

「日寛……大事の前だ。つまらぬ揉め事はするでない」

「はい。しかし……」

「言い訳無用。貴子姫……あなたの身柄は私が引き受けましょう。案じなさいますな。私は朝廷を尊敬致しております」

丁寧な態度で接して、きちんと正座をして貴子を見上げた。

「そ、そなたは水戸の……」

「はい。斉昭でございます。隠居の身ですがな」

「水戸が何故、紀州と手を組むのじゃ」

「これは異なこと。国の一大事は御家の一大事。徳川御三家が力を合わせるのは必定。この国難に、貴子姫の力……いえ、朝廷の力が一番必要なのでございますれば」

不気味なまで落ち着いた口調の斉昭に、貴子は身動きできないでいた。

八

翌早朝――赤坂喰違の紀州藩邸に、彦右衛門の姿があった。御書院番組頭として、将軍家定からの直命を受けて、立派な門内に通された彦右衛門は、昂ぶる気持ちを抑えていた。

玄関脇の客間に通された彦右衛門を、裃姿の紀州藩附家老・水野忠央が出迎えた。只ならぬ彦右衛門の様子に、水野は訝しげに尋ねた。

「上様からの火急の用とは如何なることでございまするか」

水野は四十を越えたばかりで、いかにも藩政を牛耳っている附家老らしく、ふくよかな顔立ちながら、妙な威圧があった。彦右衛門とは一度だけ、催事で会ったことがあるが、初対面同様である。

紀州和歌山藩の藩主は、わずか四歳で就任してから、まだ十歳に過ぎない慶福である。後見は先々代の徳川治宝がしていたが、すでに死去している。その後を受けて、慶福を支えているのが水野忠央だった。

彦右衛門は、此度の謀反の画策を詳細に語ってから、いきなり責め立てるように、

「子供の火遊びなれば叱って済む話でしょうが、大の大人が大火事を起こすとなれば、これは只では済みませぬ」

「――何の話でござるか」

「不審火はまたたくまに燎原となり、天下の一大事を招くことは必定。上様は、まさか十歳の慶福様が、それを願っているとは思うておりませぬ」

「何が言いたいのだ、大久保殿ッ」

水野は少しばかり眼光が鋭くなった。さすがは紀州新宮藩の藩主であり、御三家紀州徳川家の附家老の迫力はある。家慶の側室となった大奥女中とも縁がある。もっとも、紀州藩の支藩の藩主とはいえ、紀州の陪臣に過ぎぬ。上様直命で訪ねてきた彦右衛門に、無礼はまかりならぬ。

さらに何か言いたげなことは呑み込み、子細を聞きたいと水野は控えた。

「次の将軍が誰かは上様だけが決められること。薩摩島津家から篤姫を正室に迎えら

れることも決まっておりますれば、余計な作為は無用にございます」

「──奥歯に物が挟まった言い草ですな。それが上様からの伝言ですかな」

「あなた様が慶福様を将軍の座に就けたい気持ちは分からぬわけではございませぬが、さりとて、それを理由に不逞の輩に手を貸したとなれば、紀州徳川家の汚名になります。名君吉宗公の顔に泥を塗ることになりますぞ」

心の中を探るような目つきになって、彦右衛門は凝視すると、水野は大きく溜息をついて、脇差しに手をかけた。

「早まってはなりませぬぞ、水野様」

彦右衛門はズイと膝を進めて、

「あなた様もまた利用されているのかもしれませぬ」

「利用……」

「九条貴子姫は、僧侶の日寛や月光尼に操られて謀反に加担させられております。しかも、紀州と繋がっていると吹聴しておりますが、それは事実ですかな」

問い詰める彦右衛門に、水野はしばらく沈思黙考していたが、

「まったく知りませぬ。日寛とか月光尼という者も」

と言った。それが事実かどうかは、彦右衛門にはここで確かめようがない。だが、

彦右衛門は承知したと頷いて、

「それを聞いて安心しました。こやつらは長崎にて大砲を盗んでまで、江戸を混乱に陥れようとしております。すべて日寛らの大嘘だと分かり、安心致しました」

「……………」

「後は、上様護衛の〝五番方〟である我々にお任せ下され……貴子姫が利用されたように、紀州も利用されたこと、上様にお伝え申し上げますれば」

彦右衛門は威儀を正して頭を下げると、水野もつられるように軽く礼をした。

「では、これにて」

急いで立ち去る彦右衛門を見送る水野の目は、明らかに動揺していた。

「──大久保彦右衛門め……機先を制してきたか。だが此度は負け戦かもしれぬな……儂も少々、侮りすぎた」

また深くて長い溜息をついた。


お玉が池の道場には、橋本道尚を中心に鉢巻きをした浪人たちが集まっていた。いずれも息を詰めて緊迫した顔つきである。若侍もいれば中年男もいる。

少し離れて、道尚よりも少しだけ年上であろうか、堂々とした秀逸そうな風貌の橋本左内も見守っていた。

「――まもなく刻限だ……あとわずかで天下は我らがものになる」

静かな声で道尚が言うと、浪人たちの表情はさらに強ばった。

橋本左内が庭に目を移すと、そこには組み立てられた大砲があり、その周辺にも屈強な浪人たちが、じっと待機している。

左内は浪人たち一同を見廻しながら、

「よいか。まもなく江戸府内二百カ所余りより火の手が上がる。我らはそれを合図に、混乱を使用して一気に江戸城に攻め込む。むろん江戸城の幾つかの外門にも爆薬は仕掛けている。城中にはすでに九条貴子様や月光尼が入っており、騒動の中で将軍の御首を頂く手筈だ！」

浪人たちの間に、ドッとどよめきが湧き起こると、左内は目を爛々と輝かせ、

「新しい世の中はすぐそこにある。異国と対等に戦うためには、旧態依然とした国の仕組みでは太刀打ちできぬ。今こそ、我らのように真に国を思い、戦う者が立ち上がる時だ！」

「おう！」

「万が一、我らが行く手を遮る者が現れたとて、なんら恐れることはない。我らには

最新式の大砲があり、さらにはこれがある！」

　今度は道尚が声を上げると、門弟が神棚の下に置いてあった長持を開けた。その中には――ビッシリと黒光りする鉄砲が何十挺も詰め込まれている。

　思わず息を呑み込む浪人たちに向かって、道尚の声はさらに高くなり、

「メリケンにて使われていた最新式だ。これさえあれば天下無敵。既に我が国の未来は、我らが手中にある！」

と鼓舞した。

呼応して、門弟や浪人たちは「おう！　おう！」と何度も繰り返し、道場内はもとより近隣や周辺にも広がった。

　その時である。鋭い声が響き渡った。

「貴様らの夢もそこまでだ。ただの無法者として葬られるだけだ」

声とともに大砲の向こうから、悠然と現れたのは、なんと彦右衛門であった。腕には長槍を抱えている。

　その後ろには、龍太郎と拓馬、そして猪三郎も甲冑姿で並んでいる。さらに、家来たちが数人控えており、襷掛けに先祖伝来の天秤棒を握りしめた佐助の姿もあって、

「護符箱はぜんぶ回収したぜ、おい！」

と怒鳴りつけた。

彦右衛門の顔を見た道尚は、あっと息が詰まったように硬直した。

「道尚殿……父上のことで儂に恨みがあるなら、儂を討てばよい。今一度、言う。たとえ崇高な考えがあろうとも、父上は武をもって世を乱す輩が一番嫌いだった。ましてや無辜の民を巻き込むのは愚の骨頂、言語道断だ」

刀を抜き払う浪人たちを恐れることもなく、彦右衛門はゆっくりと道尚たちに近づいてきながら、

「もう無駄だ。暮れ六つに爆発は起こらぬし、江戸城の九十二門もしっかり閉ざされておる。しかも……九条貴子姫は水戸家で預かっており、月光尼は江戸城に登っておらぬ」

「な、なんだと……？」

「どうやら斉昭様は、紀州絡みの事件と見せかけて、将軍継嗣を自分の都合のよい方に運びたかったようだ」

「えっ……」

「おまえたちは利用されただけだ。月光尼はすでに公儀の手によって捕らえられておる。日寛や寛仁共々、空最を殺し、世の中を乱した咎人としてな」

「ば、馬鹿な……!?」

彦右衛門はさらに進み出て、

「目を覚ませ、皆の者。日寛と月光尼はいわば男女の仲、寛仁はその子分も同然。空最を利用して信心するものを騙して、一万両もの金を懐にし、さらには世の中を混乱せしめて、江戸城の御金蔵を狙う企みだったのだ」

「まさか、そのような……」

「月光尼は惚けておるが、日寛はあっさりと吐いた」

「嘘だ。あんたは公儀の手の者、そのような出鱈目を言って俺たちの士気を下げさせようとするだけ。騙されぬぞッ」

道尚があくまでも抵抗を見せると、他の門弟たちも一斉に刀を抜き払い、長持から鉄砲を出して構えた。

「構わぬ。まずは、こいつらから血祭りに上げるがいい!」

絶叫に近い声で道尚が命じると、門弟たちは刀や槍、鉄砲を構えて、彦右衛門を狙おうとした。彦右衛門も槍の穂先の鞘を振り落とすと、ブンと一廻しして見せた。そのあまりに凄い振動や風に、鉄砲を構えていた浪人たちは思わず後ろに飛び退いた。

「年寄りの冷や水ではないが、ここまで来たことは褒めてやろう。元より公儀にたてつく覚悟。遠慮はせぬ！」

道尚が叫んだ、その時――ドン、ドドドドン、ドン、ドドン！

激しい爆音とともに、クルクルと廻る円盤のようなものが数個、道場の中に飛び込んできた。それは鼠花火のように無軌道に跳ね廻り、天井や壁にぶつかっては弾かれ、さらに門弟たちの体にも火花が飛んだ。

「うわっ。あちち、なんだこりゃ！」

「熱い熱い！」

「こんなことで怯むな。あいつらの策略だ」

などと声が飛び交うが、整然と並んでいた門弟たちは道場の中を逃げ惑った。

すると今度は――ドーン！　とさらに数倍の爆音がして、大砲がバラバラになって壊れ、金属は地面に散らばった。まるでガラクタのようになった大砲を見て、門弟たちはしゃがみ込んだ。

道尚は度肝を抜かれて立ち尽くしており、左内も茫然自失となっていた。

「あっち、アチチチ……！」

甲冑姿の拓馬の袖が火で燃えているのを、猪三郎が懸命に消してやっている。拓馬自身も地面に転がって火を消すと立ち上がり、

「いやあ、参った参った。ちょいと火薬の量を間違えたかな。こっちが火傷をするところだった。たまんねえッ」

と喚くと、彦右衛門が大笑いした。

「あははは。拓馬、おまえとしたことが、とんだ失敗だったな」

驚いて見ている門弟たちを尻目に、道尚が踏み出そうとするのを、左内が止めて、

「あなたが噂に聞く〝天下のご意見番〟でございましたか」

と見つめた。

若いのにあくまでも冷静な態度の左内に、彦右衛門は頷いて、

「おぬしのことも斉昭様や坪井親子から聞き及んでおる。水戸藩の梅田雲浜殿なら儂も知っておるが、他にも諸国の賢人との交わりがあるとか……悪いことは言わぬ。おぬしもまた盗人や騙りの類いの者に利用されたのだ」

「………」

「真面目で人柄が良く、真っ直ぐな行いをする若者ほど、悪党は利し易いのだ。おぬしなりの考えがあるのだろうが、手段を間違えれば、すべてが虚無となる」

彦右衛門は左内の目をじっと見据えて、

「かようなことは、松平春嶽様も喜ばぬであろう」

「………」

「春嶽様は、厳格で意思が強く正しい人でありながら、温和で人情に篤い。だが勇気に溢れ、事において果断な人だと承知しておる。おぬしは色々な才知を備えておるゆえ、後はつまらぬことに肩入れせず、人を見る目を養い、度量の広い人間になって貰いたい」

「どうして、そこまで……」

「冷や水を浴びても応えぬ老人ゆえな、人と接すればなんとなく分かる……のう、道尚殿。おぬしも左内殿に負けぬほどの度量や力量、そして賢いと思う。折角の武術、決して使いどころを間違えてはならぬ」

彦右衛門の表情がしだいに穏やかになってきたのを見て、道尚は膝から崩れ、

「――あなた様が、あの店で『槍を使うには、ここでは狭すぎる』……そう言われたこと、実は気になっておりました。もっと広い世界を見据えて使え。そう諭されたような……そうしたいと存じます」

「そうか。ならばよい。若者らしいのう、ふたりとも」

道尚と左内を説得した彦右衛門は、他の門弟たちにも声をかけた。

「軽挙妄動は慎むがよい。必ずや正しく自分を活かす道がある。そのためなら、儂も

できることはしよう。残った命、若者のためにできることが、まだあるはずじゃからのう……ふはは、わははッ」

大笑いした彦右衛門はずっと仁王のように立っていたが、その顔はわずかに強ばっていた。何かの痛みに耐えているようだった。


その夜——彦右衛門は自宅の寝所で、うなされながら寝ていた。いや眠りたくても眠れない様子だった。

傍らでは、心配そうに千鶴が面倒を見ている。

「いてて……ああ、いててて……」

悲痛な声を上げる彦右衛門に、千鶴は寄り添うように顔を覗き込み、

「龍太郎たちに担ぎ込まれたときには驚きました……お玉が池の道場にて、仁王立ちしているから、どうしたのかと思ったら、急に腰をギックリと痛めたそうですね」

「いたた……槍を振り廻したときに、どうも妙だったのだが」

「まさに年寄りの冷や水。無理をなさいますからですよ」

「あ、いたた……」

「でも、あなたらしい。水戸様も紀州様も何事もなく収められ、かの若者たちの道場

や大砲騒動も、武芸の鍛錬(たんれん)として片付け、ほんに一切、何事もなく、日寛と月光尼による空最殺しだけの事件にしたとは、妻ながら頭が下がります。これもまた兵法ですか」

「よ、余計なことを言うな……奪われた一万両もなんとか集めて返してやらねばな」

そこに——心配そうな顔で、睦美が入ってきた。

「大丈夫ですか、父上……」

「見れば分かるであろう。情けないことじゃ」

彦右衛門がひ弱な声で応えると、睦美は何やら胸元から、小さな十字架のような金細工を出してきて、そっと枕元に置いた。

「神様が守って下さいます。このお守りは異国のものですが、大砲とともにメリケンの人たちが大事にしております。決して隠れキリシタンではありません。どうぞ、父上の御身を守って下さいますように、アーメン」

「お、おいおい……また妙なものにはまり込んで、大金を使ったのではあるまいな」

起き上がろうとする彦右衛門だが、腰の痛みで布団に倒れた。

「ご心配なさらずに、父上。お金ではなく、愛と慈悲をもって神様にお仕え致しますから、どうぞ心安らかに」

「や、やめてくれえ……」

彦右衛門が喘ぐように寝返りを打とうとするが、それもなかなかできない。その姿を見ていた千鶴と睦美は、何がおかしいのかクスリと笑って、面倒は交互に見ると話し合うのだった。

その後――。

橋本左内は帰郷したものの、異国と競う世相を慮って、藩医を辞し、福井藩主の御書院番となった。松平春嶽の側近として、後に出来る藩校の明道館の御用掛を務めると同時に、洋書習学所や惣武芸稽古所も設け、道尚とともに文武に励んだ。さらに後、〝安政の大獄〟にて不運を招くことになるが、彦右衛門とわずかに接触しただけで、正しく国を憂える思いを高めていった。

お玉が池の道場は、坪井信道、信良父子によって、日本で初の種痘所になることは語るまでもない。この国は少しずつ、西洋と関わりを深めていく。その中で、大久保家の人々も時勢に合わせざるを得なかった。

まずは動乱の機先を制して安堵して、彦右衛門は腰の養生に専念するのであった。

第三話　悪しき友とは

一

十三代将軍・徳川家定が篤姫を無事、正室に迎え入れたのは、タウンゼント・ハリスが初代駐日公使として来日した安政三年（一八五六）の秋だった。江戸城内の樹木も紅葉と黄色い葉で埋め尽くされていた。

その頃、大久保家でもちょっとした異変があった。末娘のとめが、大奥勤めをすることが急に決まったのである。篤姫を御台所に迎えるに当たって、新しい奥女中を十数人集めていたのだが、その関係で御年寄・瀧山のもとにも三人増やす必要があり、とめに白羽の矢が立ったのだ。

以前より、長女の睦美により瀧山へ採用願いを出していたのだが、とめ本人が何故か「千代田の城で奉公したい」と言うので、すぐに願いが叶ったのである。

大奥女中の採用は仕える主人によって、身分や役目が異なる。公家や旗本、御家人の娘だけではなく、裕福な商家の娘も採用された。町人の娘は、三味線や歌、踊りなどの芸事が優れていることが条件で、上手か下手で「目見」になるかどうかが決まる。将軍の目に留まることを願って、幼い頃から芸事や茶や生け花、作法をビッシリと身に付けさせられる子女も多かった。

もっとも大名や旗本の娘は、概ね御年寄や御中臈ら上級の奥女中が、新たに女中を採りたい旨を、用人や若年寄、老中を通して将軍に伺いを立て、許される仕組みだった。とめについても、

――大久保彦右衛門の娘で、瀧山付きなら宜しかろう。

と老中らの審査を経て許可をされた。

さっそく、とめは部屋子として勤めをすることになるが、瀧山には三十人もの部屋子と世話子がおり、末席ではあるが、年は一番上だった。部屋子は概ね七、八歳から十五歳くらいで、御年寄や御中臈の身の回りの世話をするのだ。身分にもよるが、この部屋子の中から、いずれ御中臈に出世することもある。

「とめが大奥女中とは……九人の娘の中では一番目立たなく大人しいから、務まるか

のう。心配じゃのう」

　彦右衛門は末娘のことだから可愛がってはいたが、奥女中として苦労させるよりは、適当な旗本か御家人に嫁がせる方がよいと常々思っていた。だが、母親である千鶴は、

「意外と芯が強くて、我慢することも苦にならぬ性分ですから、良い奥女中になるかと存じますよ。瀧山様ならば面倒見も良いでしょう」

　と楽観していた。

「しかし、何故、奥女中になりたいなどと……」

「さあ、そのことは私にも詳しくは話しませんでしたが、沢山の姉を見ていて、女の幸せとはなんでしょうと、よく言ってました」

「そんなことを、とめが……」

「ええ。姉たちはみんな生まれ月由来の名がありますよね。睦美、弥生、皐月……などと。でも、自分は〝とめ〟なので、もっと女らしい綺麗な名が欲しいとか。大奥では〝源氏名〟を使ってもよいので、新しい名で呼ばれたいのではありませんかねえ」

「はあ、そんなことが理由か……」

「本人から聞いたわけじゃありません。私の想像です」

「とめ、というのは、思いや情愛を留めるとか、争いを止めるとか良き意味もあるが

な。さようか、気にしておったか……」

彦右衛門はまだ時々、痛い腰をさすりながら、

「睦美は嫁に行かぬと決めておるようだが、弥生と皐月にはもう子もおる。男勝りな水奈も片づいたし、かんなはとうに髪結いの女房になってる。後は双子の文江と葉月、そして祥子だが、浮いた話は聞かぬのう」

「まだ小娘ですから、そのうち悪い虫が寄ってくるかも」

「なんということを……！」

「安心なさいませ。あなたのような怖い父がいれば、悪い虫も逃げますよ。それより、近々控えた『魚徳』の婚礼……高砂を舞って謡うなどと大丈夫なのですか、その腰で」

「ああ、そうだな……ふむ。稽古をしておかねばな」

老夫婦の話はあちこち飛びながら、和やかに続いたが、また色々な難儀や騒動が襲ってくるとは思ってもいなかった。


大川に面した長閑な川岸に、『花月』という瀟洒な船宿があった。賑やかな江戸から少し離れた向島である。

川の上に張り出した二階座敷が売りのようで、内輪で静かに飲んだり、訳ありの男女が潜むようにして泊まる隠れ家としても使われていた。粋を凝らした窓の手摺りからは、川面に月が揺らめいているのが見える。

「なんだと……儂の名を貸すだけでよいだと……どうも胡散臭いな」

上座に座っている目出し頭巾の侍が、重苦しい声で言った。その前には、威儀を正した羽織袴の中年侍が、真剣な眼差しで座っている。気骨のありそうな四角い面相で、膝に置く手にはごわついた剣胝があった。

「決して、ご迷惑はおかけいたしませぬ」

中年侍が低い声ながら、強い意志をもって言うと、頭巾の侍は迷惑そうに、

「すでに、かけられているではないか。儂には何の得にもならぬがな」

「あなた様の御名が出るだけで、公儀を立て直したい大名はこぞって馳せ参じるに違いありませぬ。言うまでもなく、事が成就した暁には、あなた様が将軍の座に」

頭巾の侍の目だけがギラリと光った。だが、何も返事はせず、ただ唸り声を洩らし、

「滅多なことを言うでない」

「では、水戸や紀州の思うがままになって宜しいのですか。斉昭なんぞ、国防国防と叫ぶだけで、はっきり言って国賊です。売国奴ですぞ。紀州とて同じ、この国のこと

など一切、考えておりませぬ」

「…………」

「薩摩から嫁を貰うような腑抜け将軍は、まったく当てになりませぬ。これを機に、南紀派と一橋派は遠慮なく表立って争うようになるでしょう。なのに、あなた様は蚊帳の外でよろしいのですか」

中年侍は必死の形相になって、両手を床についた。

「国難にあっては、あなた様しかいないのです。繰り返しますが、事が成就するまで、決してご迷惑をおかけしませぬ。御名を貸して下さるだけで結構なのです」

「——相分かった……」

頭巾の侍は頷いたものの、やはり不愉快な声のままで、

「万が一、揉め事になったり失策したりすれば、おまえたちが勝手に名を使った……そういうことにする」

「それで結構でございます。事がすべて終わるまで、あなた様は一切、動くことはありませぬ。内密に事を運ぶため、今後、相談もしなければ会いも致しませぬ。ただ、江戸城にお招きするまで、お待ち頂くだけで宜しいのでございます」

思わず力を込めて中年侍が言ったとき、ガタッと襖に何かが当たる音がした。とっ

さに頭巾の侍は背を向けた。同時に、中年侍が膝元の刀を手に立ち上がると、わずかに襖が開いて、商家の若旦那風の男が顔を出した。

「あっ……これは申し訳ありません。座敷を間違えました」

「誰だ、おまえはッ」

「すみません。椿の間と聞いたのですが……」

と言いかけた若旦那風が後ろを振り返ると、別の部屋の前で、少し蓮っ葉な感じの町娘が手招きをしている。どう見ても逢い引きの様子である。

中年侍はそんなふたりを見て、いきなり刀の鯉口を切ると、

「待て。話がある」

と声をかけて追いかけようとした。場合によっては斬るという気迫がある。だが、その前に黒い着物に袴の男が、スッと身を投げ出すように立ちはだかった。

「!?――誰だ、どけい」

中年侍が押しやろうとしたが、黒い着物の男は、

「あいつは本当に部屋を間違えただけだ。ただのぼんくら若旦那ってとこだ」

と言って制した。

それでも中年侍が出て行こうとすると、座敷の中から、頭巾の侍が声をかけた。

「兵庫助ではないか」

「――御前……困りますな。勝手に屋敷から出歩かれては」

「どうせ、おまえたち柳生の者たちが守ってくれていると思うておるからな」

頭巾の侍がニンマリと笑うと、中年侍はハッと引き下がって、

「柳生兵庫助様とは知らず、失礼をば致しました」

控えて座る中年侍に、頭巾の侍が、

「のう、窪田……おまえたちの動きは、この兵庫助ら柳生の者が必ず見ておる。決して下手を踏むでない。儂の味方になるか、敵になるかは、兵庫助が見抜くであろう」

「はは……先程、申したとおり、あなた様は何もせずに楽しみにしていて下さい」

深々と一礼をした窪田と呼ばれた中年侍は廊下に出て、階下に立ち去った。

船宿の表に出ると、同じような羽織袴の侍がふたり待っていた。中年侍は灯りのついた部屋を見上げると、

「逢い引きをしている、どこぞの若旦那がいたが、妙に気になる。話を聞かれたやもしれぬ。何処の誰か、一応、探りを入れておけ」

「はっ――」

ふたりが返事をすると、窪田は土手道を江戸市中の方に向かって歩き出した。弾き

飛んだ小石によって波紋が広がり、川面に映っていた月が醜く歪んだ。

二

日本橋の一角に『魚徳』という魚問屋があった。すぐ近くには幕府の魚御買上所である〝活鯛屋敷〟がある。将軍が食する鯛をはじめとして高級魚の生け簀がある所だ。『魚徳』はその魚も一部、扱っている由緒ある店だった。

その屋敷内では、板の間から奥座敷をぶち抜いて、賑々しい婚礼が行われている。

金屏風を背にして、紋付き羽織袴でかしこまっている花婿は、この店の当主である徳三である。横には初々しい花嫁姿の十八になったばかりの小夜が座っている。わずかに微笑を浮かべた穏やかな丸顔は、幸せを嚙みしめているようだった。

町名主や大店の旦那衆ら、詰めかけた祝いの客の中に混じって、彦右衛門と千鶴、龍太郎や睦美ら何人かの兄弟の顔もある。末席には、関取みたいな佐助もいて、すでに顔が赤くなるほど酒を飲んでいる。

「良かったな、徳三……親に迷惑ばかりかけてたおまえが、こんな可愛らしい嫁を貰って、二親も草葉の陰で、さぞや嬉しくて泣いているであろうな」

彦右衛門が我が子のように喜ぶと、照れ臭そうに徳三は笑った。

魚問屋『魚徳』は三代続く有名な店で、初代の徳市(とくいち)から、二代目徳次(とくじ)、そして徳三(とくぞう)と名も〝徳〟を継いでいる。徳川家に遠慮して、初代は屋号に徳の文字を避けようとしたが、活鯛屋敷の役人とも縁が深く、徳という字が許されたという。

残念ながら、父親も母親も三年程前に流行病(はやりやまい)を拗(こじ)らせて死んでしまったが、徳三は活鯛屋敷や御肴役所(おさかなやくしょ)の後ろ盾もあって、なんとか主人らしくなってきた。

「これで嫁を貰ったら、さらに重責(じゅうせき)を背負うことになる。頑張(がんば)れよ。小夜を泣かせたら、儂が成敗(せいばい)するからな」

冗談交じりに彦右衛門が言うと、花嫁の父である甲兵衛(こうべえ)が娘の姿に感極(かんきわ)まったのか、もう涙目になって、

「へえ、ありがとうございやす。あっしのようなしがない佃島(つくだじま)漁師の娘を、こんな立派な『魚徳』の嫁に迎えてくれるなんて」

「何をおっしゃるのです、親父殿……」

思わず徳三が声をかけた。

「漁師あっての魚屋です。私の方こそ、〝三国一の花婿〟ですよ。引っ張りダコのこんな綺麗な小夜ちゃんを嫁に貰えるなんて」

「まったく、そのとおりだぜ」

思わず佐助が、末席から大きな声をかけた。「おめえは日本一の果報者だよ。とても喧嘩ばかりしてた悪ガキには見えねえ。せいぜい世間様に感謝し、今までのことを反省して生きていくんだな」

「おいおい。もう酔っ払っているのか」

彦右衛門が呆れて窘めると、佐助は立ち上がって、太い腕の〝一心如鏡一心白道〟という刺青を見せびらかしながら、

「俺の先祖は魚屋だった一心太助。徳三のご先祖は、もっと小せえが魚屋をやってたそうだ。小夜ちゃんの親父は漁師。魚づくしで今日はほんにめでてえなあ」

「こらこら、祝言を台無しにするのか」

「だったら、大将。ここいらで、めでてえ『高砂』を披露して貰おうじゃねえか。たんまり稽古してきたんだから、さあさあ！」

佐助の音頭に煽られるように、来客が拍手をしながら盛り上げた。

すると、彦右衛門は少し厳かな顔になって、

「さようか。ならば、謡と仕舞いを一人二役でやるとしよう。その前に……『魚徳』は初代から、我が大久保家にも出入りしており、実に美味い魚を堪能できておる。新

郎の徳三はほんに真面目な若い衆になり、これからの日本橋を盛り立て……」

「大将。能書きはいいから、さっさと『高砂』を披露して下せえ。さあさあ」

佐助がさらに急かすと、彦右衛門はゆっくりと立ち上がり、

——高砂や、この浦舟に帆を上げて、この浦舟に帆を上げて、月もろともに 出汐の波の淡路の島影や……。

と朗々とした声で歌っている最中、花嫁よりも感激した甲兵衛が堰を切ったように涙を流して、着物が濡れてしまいそうだった。傍らで見ていた千鶴が思わず、

「甲兵衛さん。ふつう泣くのは花嫁の方ですよ」

「そんなことは分かってやす。でも奥様……勝手に出てくるんだから仕方がねえ……もう俺は嬉しくて嬉しくて……由緒ある大久保家のご当主に『高砂』まで……ああ」

しゃくり上げながら、甲兵衛が手拭いで洟をかんだとき、表で荒々しいざわめきが起こった。すると、末席にいた佐助はもとより、数人の来客が高膳に倒れ込んだ。

何事だと振り返った彦右衛門たちの目に飛び込んできたのは、陣笠陣羽織の町方同心や捕り物姿の町方役人たちだった。

「何事だッ」

彦右衛門はすぐに立ち上がったが、「ウッ」と腰に手をあてがいながら、

「儂の『高砂』を止めおってからに。めでたい祝言の場だ。訳を言え、訳を！」

と怒鳴りつけた。

すぐに龍太郎や他の来賓も立って見守っている。

「控えろ！　北町奉行所筆頭与力、真藤達之介である。『魚徳』の主人徳三はおまえだな。役儀によって召し捕りに参った」

「召し捕り……」

徳三はキョトンと目を丸くしており、花嫁の小夜もただ吃驚しているだけだった。

なぜか、甲兵衛だけは異様なほど鋭い目になって、真藤を睨んでいたが、他の者たちは水を打ったように静かになった。

「徳三。おまえは魚屋でありながら、知り合いの釣り船や屋形船などにて、異国の船からご禁制の品々を抜け荷しておるな」

「お、俺が……何の話です」

「惚けても無駄だ。かねてより、町奉行所では探索しておったのだ。しかも、おまえは阿片までも持ち込んでおる。観念せい！」

一同は唖然となったが、佐助は真藤の背後に近づいてバシッと思い切り肩を叩いた。

「痛い。何をする！」

「俺だよ。一心佐助……これは何の座興だ、真藤の旦那。もしかして、みんなを驚かそうと思って、下手な芝居でも組んだのかい」

「!?――おまえか……」

真藤は少しバツが悪そうになると、佐助は彦右衛門を指さして、

「俺の大将、大久保彦右衛門様がそこにいらっしゃる。おふざけにしても少々、悪乗りが過ぎないかい」

「――悪ふざけではない。本当のことだ」

居直ったように真藤は十手を振り廻して、大久保に深々と頭を下げてから、

「まさか大久保様がいらっしゃるとは知らず、ご無礼致しました。されど、そこな徳三が抜け荷をしたのは事実でござる。抜け荷仲間を捕らえて白状させました」

「冗談じゃねえやいッ」

徳三も元々気性が荒いのか、サッと花嫁を庇うように立ち上がると、

「抜け荷だの阿片だの。たしかに俺はガキの頃は少々、御用聞きのお世話になったが、今は『魚徳』の立派な跡取りだ」

「自分で立派とは……ならば、訊く。立派な人間が、祝言を目の前にして、花嫁ではない別の女とシッポリ濡れたのは何故だ」

「えっ……」

「向島の『花月』という船宿でのことだ」

真藤に迫られて、徳三は言葉に詰まった。その様子を小夜は当然、来客たちも黙ったまま見守っていた。

「正直に言え。覚えがあるであろう」

「いや、それは……」

困惑する徳三を、彦右衛門や甲兵衛も意外な目で見やった。

シタリ顔になった真藤は、

「その女も、どうせ抜け荷の仲間であろう」

「ち、違う。あいつは……」

と言いかけて口をつぐんだが、徳三は必死になって、

「本当に抜け荷なんかしてねえ。嘘だと思うなら、屋敷でも蔵でもぜんぶ調べてみろってんだ、このやろう」

「よう言うた」

真藤は頷くと、彦右衛門に向かって、

「かような次第なので、大久保様。祝言の席を荒らして申し訳ございませぬが、探索

ゆえお許し下さい」

と丁寧に言ったが、何か曰くありげな目つきだった。真藤の合図で、町方役人たちが一斉に屋敷内を探し始めると、しばらくして如何にもご禁制らしい小さな壺を持ってきて、その中から褐色の塊を差し出した。

「真藤様、かような物が奥の寝所の押し入れに」

役人に目配せをすると、真藤自身が指で舐めた。俄に凄みのある笑みを浮かべ、

「まさしく、これは阿片だ」

息を呑む来客たちだが、徳三は必死に首を振った。

「そ、そんなはずはない。お役人様。これは何かの間違いだ。こんな壺も俺は持ってねえ。本当だ！」

「申し開きなら、番屋で聞く。引っ立てろ！」

手下に命じた真藤は、今一度、彦右衛門を振り向き、

「かような次第なので、この場の無礼をお許し下さいませ」

と言った。

「いや、断じて許さぬ」

彦右衛門があっさりと返すと、真藤が睨み返した。

「如何にもわざとらしい罠。何が狙いかは知らぬが、すぐにこの祝言をぶち壊しにしたことは、北町奉行の跡部甲斐守を通して始末させるから覚悟をしておけ」

「――御意……しかし、阿片が出たのは事実でございます。これとて氷山の一角に過ぎますまい。花嫁の父親も漁師と聞いているが、抜け荷に加担した疑いもあるので、しばらく徳三を預かります」

祝い客や表に集まった野次馬を押しやるように、真藤は徳三に縄をかけて連れていった。よろめくように追って出る甲兵衛は、

「徳三さん。あっしも小夜も信じてやすよ。こんなのは大久保様が言うように、嘘っぱちだ。必ず疑念は晴れますすよ」

と悲痛な声をかけて励ました。

その目が、ざわめいて集まっている野次馬の中に吸い寄せられた。場違いな羽織袴姿の武士が立っているが、妙にほくそ笑んでいるのは――『花月』で密談をしていた窪田であった。

むろん、甲兵衛は知らないが、妙だと直感して尾けようとした。すると、少し離れた所に懐手で立っている五十絡みの浪人者に、意味ありげな目配せをした。受けた浪人の顔には、頬から首にかけて火傷の痕がある。

――怪しい奴らだ……もしや！

甲兵衛は問答無用に窪田の方に向かって駆けだそうとしたが、散らばり始めた野次馬の山の中に消えてしまい、見失ってしまった。振り返ると、浪人の姿もない。

「しまった……ちくしょう」

口の中で呟いた甲兵衛だったが、祝言の金屏風の前では、小夜が唇を嚙みしめて嗚咽している。その震える肩を、千鶴は心配そうに抱いていた。

三

翌日、大久保家の屋敷内では、佐助が拳を床に打ち付けながら、

「なんで、あの場で止めてくれなかったんですか、大将。ゆうべのうちに大番屋で裁かれて、小伝馬町牢屋敷に送られたってえじゃありやせんかッ」

と悔しそうに声を荒らげた。

「こんな馬鹿な話はねえ。北町奉行に掛け合って下さいますよね、大将！」

「分かっておる。北町の跡部殿にはすでに使いを出しておる。たしかに昨日の捕縛は胡散臭い。あの筆頭与力とやらもな」

「あいつのことなら、俺もよく知ってらあ。元々は下っ端同心だったけど、与力の家に婿入りして威張り散らしてた。俺もほら、大将がよく知ってるように暴れ廻ってたからよ、その頃は貧乏臭い同心だったが、なんやかやと十手を振り廻して突っかかってきてた」

「それは、おまえも悪いだろうが……どうも気になる」

「徳三はそりゃ昔の俺みたいなガキだったが、今は魚一筋の真面目な商人だ。その徳三がどこでどう抜け荷に繋がるんでえ」

「うむ。そもそも今のご時世、抜け荷もなかろう」

「ああ。壺の阿片もありゃ、徳三を引っ張るための罠に違いねえ」

「だとして、どうしてあんな猿芝居を……」

「選りに選って祝言の席に踏み込んでくることもなかったんだ。あれだって、如何にも徳三が悪い奴だと噂を立てさせるためだと、勘繰りたくならあな」

「たしかにハメられたようだな。ならば、儂らでその罠を外してやらねばな」

「だったら、あっしも率先して……」

　と言いかけて、佐助は首を傾げ、

「一体、何処から手をつければ宜しいですかねえ、大将」

「それくらい自分で考えろ」

「ずっと考えてるんだけど、よく分からないんで」

「その分からないところから探ればいい。たとえば、真藤とやらは抜け荷仲間が吐いたと言っていたが、一体、そいつは何処の誰兵衛なんだ。ハッキリせぬであろう」

「あ、そう言われりゃ、そうでやすね」

「あんな小さな壺なら、捕り方でも隠して持ち込めたはずだ。徳三は覚えはないというのだから、押し込んできた町方が仕組んだのだろう。与力の真藤の様子を探れ」

「なるほど。さすがは大将、頭がいい」

「それに……」

「まだあるんですかい」

「徳三が祝言を前にして、『花月』とかいう船宿で、誰か女と会っていたようなことを言っていたが、それも調べろ」

「それも出鱈目でしょ。あの場で思いついたんじゃねえかな。祝言を荒らすために」

「かもしれぬが……それを言われたときの徳三のことも気になった」

「——え、そうでしたか？」

佐助は酔っていたせいかピンときていないが、彦右衛門は徳三も何か隠している気がすると言った。

「分かりやした。俺ひとりじゃ無理なんで、中間の権吉と寛平にも手伝わせます」

「そいつらじゃ、あまり当てにならないから、檜垣の息子、錦之助に命じる」

「え、あの引き籠もりの……それならまだ、御用人様の方がマシでは」

大久保家のような千石の旗本ともなれば、家臣の他に、番頭、給人、物頭、小姓など何十人も奉公人が必要だが、大家族なのでギリギリのところで抑えている。その分、〝いざ鎌倉〟というときには、息子や娘が総出で力添えするから、彦右衛門は安心していた。

「では、とにかく、今言われたことを、片っ端から調べてみやす。御免なすって」

佐助は義憤に駆られると、重い体を豹のように軽やかに動かし、あっという間に彦右衛門の前から消えていった。


一方――佃島にある甲兵衛の家では、小夜が抜け殻のようになって座っていた。

花嫁衣装は、『魚徳』に置いたままだが、彦右衛門の『高砂』も終えぬうちに婚礼の式が壊されて、悲嘆に暮れていた。

「――徳三さん……どうして、こんなことに……」

その前では、媒酌人でもある千鶴がずっと心配して、母親のように付き添っていた。

「大丈夫ですよ。うちの人が必ずや真相を明かしてみせます。もちろん徳三さんが無実だということをね」

「………」

「身の明かしは立ちます。二、三日もすれば疑いが晴れて帰ってきますよ。もう夫婦杯は交わしているのですから、それからは一緒に仲良く暮らしていきましょう」

慰めにしか聞こえないのか、小夜の頬にはただ涙が流れるだけであった。

「徳三さんが帰ってきたときに、小夜さんが寝込んだりしてたら、きっと悲しむ。だから、心を落ち着けて休んでなさいね」

「でも……」

小夜はしゃくり上げながら、

「向島かどこかの船宿で、徳三さんが誰か女の人と会ってたとか……」

「それも町方与力の作り話かもしれませんからね」

「何のために……」

「それを調べるために、うちの人は奔走しています。大船に乗ったつもりで、ね」

釈然(しゃくぜん)としない小夜だが、必死に微笑んだ顔を繕(つくろ)って、

「――はい……奥方様にまでご心配をおかけして申し訳ありません」

「謝ることではありませんよ。徳三さんとうちは親戚も同然。これからも遠慮なく、何でも頼ってきてね」

できることは全(すべ)てやると千鶴が言うと、小夜は心強くなったのか、大きく頷いた。

「さあ、少し眠りなさい。昨夜も寝ていなかったでしょ」

千鶴が幼子のように小夜を横にさせると、そっと襖(ふすま)を開けて隣室に出て行った。

そこには、甲兵衛が正座をしていて、深々と頭を下げた。

「ありがとうございやす。何から何まで、一生、足を向けて寝られません」

「――ちょっと……」

表情が少し強(こわ)ばった千鶴が、目顔で甲兵衛を家の外に誘った。

佃島は明石町(あかしちょう)の渡し場から目と鼻の先であるが、海風や潮の流れが意外と強く、随分(ずいぶん)と沖合にあるように感じた。その昔、摂津(せっつ)から徳川家康(いえやす)に従ってきた漁師たちの島で、魚介を煮詰めた佃煮は江戸の名物になっている。その香りも潮風に混じって漂(ただよ)っていた。

「何か……？」

甲兵衛の方から問いかけた。千鶴の態度に異変を感じていたからだ。

「こちらこそお尋ねしたいです。何かするつもりではありませんよね、甲兵衛さん」

「えっ……何かって……」

「あんまり、こんなことは言いたくはありませんが、形ばかりとはいえ、うちの主人と私は媒酌人ですので、少しばかり調べました。もちろん『魚徳』の嫁に相応しいかどうか」

「へ、へえ……それは当然のことです」

恐縮したように腰を屈めたが、甲兵衛は少し言い訳めいて、

「あっしが漁師になったのは四十近くなってから、小夜が女房の腹にできた頃です。恥ずかしながら、それまでは人足や棒手振など色々な仕事を転々としてやした。落ち着かねえ性分でして……」

「女房のお菜さんでしたか……病でなくなったのですよね」

「へえ。産後の肥立ちが悪い上に、風邪を拗らせやして、小夜を産んで間もなく……あっしが長年、苦労させたせいです」

本当に申し訳なさそうに、甲兵衛は背中を丸めた。千鶴はその顔をじっと見据えて、

「その話は、小夜さんからも聞いたことがあります。そうじゃなくて……」

「えっ……」

「人足や棒手振の頃のことも調べました」

ハッキリと物言う千鶴に、バツが悪そうに甲兵衛は頭を掻きながら、

「そんな昔のことまで……そりゃ多少は遊びましたよ。賭場通いもしたり、酒や女にも少々……女房を泣かせてばかりでした。若い頃のことは、もう五十半ば過ぎましたから、どうか勘弁して下せえやし」

「――私にだけは話してくれませんか、あなたの口から」

「えっ……」

「でないと、今度は徳三さんではなく、あなたに危害が及ぶかもしれませんよ。そしたら、小夜さんの人生が壊されます」

すでに何か知っているかのような口振りに、甲兵衛は吃驚した顔を向けるだけで、棒のように突っ立っていた。

「うちの主人には話しません。知れば、それこそ、何をするか分かりませんからね」

「！……」

「如何ですか。話してくれれば、私でも助けられることがあるかもしれません」

じっと見据える千鶴の目は揺るぎないものだったが、甲兵衛は首を横に振って、

「――あっしには何も……遊び人だったことは認めやすが、他には……今はただの漁師です。小夜を食わせるために、女房が死んでからはずっと竿一本で勝負してきやしたから」

「そうですか……もちろん、腕の良い漁師だということは、私もよく分かってます」

「………」

「だけど、ひとつだけ言っておきます。此度(こたび)のことで何か腹が立つようなことがあっても、決して余計なことはしないように……うちの人に任せて下さいましね」

千鶴は説(と)き伏(ふ)せるように言うと、「分かりましたね」と念を押してから路地を歩いて、船着き場の方へ向かった。海風がいきなり舞い上がって、千鶴の裾(すそ)が乱れるのを、甲兵衛は黙って見送っていた。

四

その夜――深川(ふかがわ)の岡場所の一角にある〝吹きだまり〟と呼ばれている賭場(とば)に、甲兵衛の姿があった。

やくざ者のような縦縞(たてじま)の着物で、煙管(キセル)を銜(くわ)えて、ぼんやりと丁半(ちょうはん)賭博をしているのを見廻していた。〝吹きだまり〟と呼ばれるだけあって、まっとうな商人や職人らはおらず、客はならず者か浪人崩ればかりだった。

胴元の側にいって、少しばかりの金を駒札に替えて、人相の悪い客たちに混じり、何度か勝負をしたが、すべて負けた。

「ちきしょう……また半かよ。こうなったら意地だ。最後まで丁一辺倒で張るぜ」

鼻息を荒くしている甲兵衛に、遊び人風の男が近づいてきて、

「旦那。この辺りじゃ見かけねえ顔だが、新参者かい」

と顔を覗き込んだ。明らかに懐具合を探って金を貸そうという魂胆だと、甲兵衛には分かった。だが、賭場には慣れてないふりをして、

「いやあ、参った参った。江戸見物と洒落込んだんだが、間違って迷い込んじまった」

「はは。そういう日もあらあな。よかったら、融通してもいいぜ。この胴元はケチだから、なかなか貸しやしねえからよ」

「本当かい。だったら、ちょいとだけ……」

甲兵衛が物欲しそうに手を出すと、遊び人風は懐から一両を出して渡した。

「こ、こんなに……！」

「それで二倍にも三倍にも増やして、負けた分を取り返しゃいい」

「へえ、ありがてえ」

すぐに胴元の所にいって、甲兵衛はまた駒札に替え、丁半博打にはまり込んでいった。あっという間にスッてしまい、遊び人から二両、三両と借り続け、とうとう五両になった。それでも負けが込んでくると、

「おかしいじゃねえか。なんで半ばっかりでるんだよ。丁が出たのは一度っきり、これじゃ勝てるわけがねえ」

文句を垂(た)れる甲兵衛に、中盆(なかぼん)が静かに声をかけた。

「今日は運がねえんでやすよ。そろそろ引き上げた方が宜しいかと」

「馬鹿を言うねえ。ここで止(や)めたら、大損じゃねえか」

居直ったように声を荒(あら)らげる甲兵衛に辟易(へきえき)としたように、中盆が遊び人に目配せをした。すると、遊び人は甲兵衛の肩を叩いて、

「ここじゃ他の客に迷惑だから、奥に行こうぜ。なに俺から借りた金を返す算段をして貰うだけだよ」

「――なるほど。そういう訳かい。みんなグルだったんだな。半ばかり出てたのもイカサマに違いねえッ」

さらに大声を上げた甲兵衛の顔を見て、一癖も二癖もある客たちも、「いい加減にしろい！」と怒鳴りつけた。すると、幸兵衛は立ち上がって、

「あの浪人もグルなんだろう」

「浪人……？」

「ああ。岡場所をうろついていたら、頰のこの辺りに火傷の痕がある浪人が、この〝吹きだまり〟なら、たんと稼げると教えてくれたんだ。あいつも仲間かい」

出鱈目である。甲兵衛は祝言の日の騒動のとき、表にいた浪人を探し廻っていたのだ。人相から、この辺りを根城にしていると噂に聞き、鎌を掛けたのである。

「――おめえ、間島の旦那の客かい」

案の定、中盆が引っかかった。すぐに甲兵衛は話を合わせて、

「客じゃねえ。騙されただけだ。あのクソやろう、この手で締め上げてやる」

と、さらに大声で煽った。

「いい加減にしやがれ、てめえッ」

遊び人風は甲兵衛の顔面をいきなりぶん殴ると、襟首を摑んで引きずった。他にも数人の手下たちが来るや、階下まで蹴落とすように連れ出して、路地に突き飛ばした。

「いてててて、何しやがる、このやろう！」

甲兵衛は頭を抱え込みながら抗ったが、遊び人風はさらに体を蹴りつけた。

そこに、ぶらりと近づいてきた懐手の浪人者が、

「そのくらいにしておけ」

と声をかけた。頬から首にかけて、ドス黒い火傷の痕がある。甲兵衛はその顔を見上げて、ハッと目を見開いた。

「今時、賭場荒らしとは珍しいな」

すると、遊び人風が浪人者の耳元に何か囁いた。俄に表情が変わった浪人者は、

「俺はおまえなんぞに、〝吹きだまり〟なんぞを教えちゃいないがな……」

「この賭場の用心棒かい」

「誰だ、てめえ。俺に何か用か」

「へえ……旦那に会いたくて、ここまで探して参りやした」

ゆっくりと立ち上がる甲兵衛を見て、浪人は訝しげに目を細めて、

「貴様の顔には見覚えがあるような……」

「やっぱり、あんただったか、間島京之介……俺だよ。その面に熱湯をかけてやった、神楽の甲兵衛だ」

「なに……!?」

あまりに驚いて、思わず後退りした間島と呼ばれた浪人者を見て、遊び人たちも何事かと目を凝らした。

「なんです、旦那。こんなヘボ野郎、旦那のヤットウなら一太刀でしょうよ」

遊び人風が煽るように言ったが、すぐに甲兵衛は間島を睨んだまま、

「まだ、この手合いの用心棒稼業をしてるとは、つまらねえ人生だな」

「なんだと……」

「おまえさんのことなんざ、どうでもいい。聞きてえことがある。何だって徳三に罠をかけたんだ」

「えっ……？」

「後ろで操ってるのは誰でえ。おまえに目配せしていた羽織袴姿の身分のありそうな侍はよ。何処かの家臣かい」

一瞬、ビクッとなる間島だが、火傷痕の頰を撫でながら、

「──知らぬな。何の話だ」

「惚けても無駄だぜ。どうせ小遣い稼ぎで誰かに雇われたんだろうが、おまえが関わってると分かりゃ、造作はねえやな」

「いい加減にしろ……」

「その首を洗って待ってな。人殺し稼業をしていた昔のことも、ぜんぶバラしてやるからよ。なあ、へっぽこ侍の間島さんよ」

挑発するように言うと、間島は素早く刀を抜き払ったが、甲兵衛は一寸で見切って避けて、からかうように笑った。

「昔取った杵柄ってやつも、刀と一緒で随分と錆びついたもんだな、ええ?」

甲兵衛はさらにおちょくってから、踵を返すと素早い足取りで、色町の薄灯りの中に溶け込むように消えた。

「——あのやろう……!」

「誰なんです、旦那」

遊び人風が声をかけると、

「おまえたちには関わりない。見てろ、必ずぶった斬ってやるッ」

と間島の目は険しくなっていった。

同じ夜、小伝馬町牢屋敷は穿鑿所内の折檻部屋では、梁に吊るされた徳三が、役人数人によって、痛めつけられていた。離れた所では、真藤が鋭い目で見ている。

「強情を張っても仕方がないぞ。いい加減に観念せい」

「し、知らねえ……俺は決して抜け荷なんぞ……阿片も何のことだか」

「ほざくな、下郎！」

竹の棒で何度も背中を叩く役人の方が、汗を掻いているほどだった。それほど頑固に、徳三は我慢していたのだ。

「手ぬるいな、牢屋同心というのは。どけ」

真藤は傍らに置いてあった木刀を手にすると、肩の辺りに思い切り当てた。ドスッと鈍い音と同時に、徳三は悲鳴を上げた。鎖骨が折れたようだった。それでも構わず、今度は肋骨や背骨、腰骨から向こう臑など、急所となる所を手当たり次第、打ちつけた。

「吐け！　おまえがやったことは分かっているのだ、吐け！」

あまりの激しさに、見守っていた役人たちは思わず止めに入った。

「死んでしまいますぞ、真藤様」

「構わぬ。どうせ死罪か遠島だ。このような輩は生きていても仕方がないのだッ」

大上段に構えて、脳天に打ち落とそうとしたとき、牢屋奉行の石出帯刀が「おやめなされい」と廊下から入ってきた。

「町奉行から伝令が来ましたが、大番屋では吐いておらず、吟味方与力の正式な吟味も経(へ)ていないそうではないですか」

石出帯刀は、代々続く特別な職であり、町奉行直属で牢屋敷の一切合切(いっさいがっさい)を任されている。命令に従わない者は、大名や旗本の家臣であろうと追っ払うことができた。

仕方なく真藤は木刀を床に捨て置いたが、

「こっちは町奉行よりも、もっと上からの指示で探索しておったのだ。まあよい……今日はこの辺りで勘弁してやる」

と背を向けて立ち去ると、徳三は気が緩んだのか、ガクッと失神した。

「他の咎人(とがにん)への示しがつかぬ。独房へ入れておけ」

徳三は、西大牢の奥にある明かり窓もない小部屋に連れていかれた。

その板間で、どのくらい眠ったであろうか、口元に水が垂れる感じがして目が覚めた。事実、口元には竹筒があって、水を飲まされていた。体中が熱いくらい痛い上に、喉(のど)がカラカラである。徳三はしがみつくように飲んだ。その耳元に、

「聞こえるか、徳三さん……」

と声が吹きかけられた。それでも、徳三は水を啜(すす)り続けた。

「真っ暗で見えねえだろうが、驚くことはねえよ」

我に返った徳三は身じろぎしたが、思うように体が動かない。苦しげに顔を上げる

のが精一杯だった。

「だ……誰だ……俺を、こ、殺す気か……」

「安心しな。俺だよ、甲兵衛だよ」

廊下から洩れる微かな月明かりを頼りに、甲兵衛は顔を見せた。そして、徳三の手をしっかりと握りしめて、

「えらく酷え痛めつけ方だな。ちくしょう、残忍なことをしやがる」

「──お、親父さん……本当に親父さんかい……」

「ああ。すぐにでも助けてやりてえが、なんといっても牢屋敷だ。忍び込んでくるのがやっとだった。外に出るには、壁に忍び返しがあるから厄介だ。もう少し我慢してくれ」

甲兵衛の顔を手探りで見ながら、夢ではないのかと、徳三は呟いた。

「小夜も待ってる。必ず助けるから答えてくれないか。おまえさんは間違いなく罠にかけられた……何か心当たりはねえか」

「罠……そんなことは、俺……」

何もないと動かぬ首を、なんとか必死に振った。

「阿片のことなら、およそ見当がついた」

「えっ……」

「間島って浪人者がいてな、昔はその手のものを扱っていたんだ。そいつが仲間に違いねえ。裏には、何処ぞの家臣らしき立派な侍がいる。あの時、『魚徳』の表にいて、間島と通じていた節がある」

「立派な侍……」

「思い当たることはねえか。羽織袴を着ていて、顔は……四角い顔で、いかにも偉そうな面構えだった」

「………」

「捕縛に来た与力は、おまえが女と逢い引きしていたなんてことも言ってたが、それは本当かい……俺は責めちゃいねえ。助けるために、本当のことを知りたいだけだ」

甲兵衛が祈るように訊くと、徳三はハッとなって、

「も、もしかすると……まさかあの時……」

「何かあるんだな」

「――正直に話します。けど、誤解しないで下さい。俺は決して疚しいことなんかしてねえ。小夜を裏切るようなことは」

「ああ。よく分かってるよ」

暗がりの中で囁いて頷く甲兵衛を、徳三は両手で縋りついて見上げ、静かに話し始めるのであった。

五

明け方近くになって、甲兵衛が自ら小舟を漕いで佃島の家に帰ってくると、湊から沖に出て行く漁師たちの姿があった。甲兵衛は、小夜のことがあって休むことにしている。

浜辺近くの家に着くと、表戸が開いたままだった。甲兵衛が入って、

「小夜……起きたのか」

と声をかけたが、返事がない。

「大丈夫だ。俺は今日も家にいるから、ゆっくりしてな」

甲兵衛が履き物を脱いで上がり、奥の座敷に入ると、そこには——縄で縛られた小夜の姿があった。ぞんざいに床に転がっている。

「な、何があった、小夜！」

悲鳴のような声を上げて駆け寄ろうとすると、衝立の陰から間島が出てきた。手に

は抜き身の刀を持っている。

「何を探ってやがる、甲兵衛……」

「!?——」

「余計なことをするから、おまえの娘まで犠牲にしなきゃならなくなった」

「なんだと！ てめえ、なんてことを！」

「嘆くなら、自分のしたことを悔いるんだな。大人しくしていれば、徳三とやらが咎人になるだけで始末がついたんだ。おまえたち父娘には関わりないことだからな」

「ま、待ってくれ……徳三は何も関わりない。何も知らねえ」

甲兵衛は必死に訴えた。

「本当だ。俺は今、徳三の口から聞いてきたばかりなんだ」

「なんだと。奴は小伝馬町の牢屋敷だが」

「ああ、そうだ。独房に入れられて、俺は忍び込んで話を聞いてきた」

「忍び込んで……さすがは〝神楽の甲兵衛〟だ。アハハ……」

間島は大笑いすると、切っ先を小夜に突きつけて、

「聞いたか、娘……おまえの親父はてめえでバラしやがった。こいつは、その昔、ちょっとした泥棒だったんだ」

縛られたままの小夜は、凝然となって父親の顔を見上げている。

「よせ、そんな話は……」

「娘が生まれる前のことだと言い訳するつもりか。盗人は盗人だ。しかも金で頼まれて、なんでも盗んでござれでな、まるで神楽を舞うかのように、人の目を盗んででも巻き上げる。大した腕前だった」

「…………」

「俺とも組んだことがある。あれは大事などこぞの藩の密書かなんかだったな……だが、土壇場になって下手を踏み、おまえは俺を裏切り、熱湯をこの顔にぶちまけた」

「うるせえ……先に裏切ったのはおまえだ。お陰で俺の手下はふたりも死んだッ」

「ほらな。てめえでまたバラしただろ。可愛い娘さんよ」

からかうように言いながら、間島は小夜の喉元に刀を這わせた。恐怖に引き攣る小夜の顔を愉快そうに眺めて、

「親の因果が子に報い、ってやつだ」

「ま、待ってくれ、間島……本当に徳三は何も知らねえんだ。誰かは知らねえが、おまえたちは、船宿『花月』で徳三が何か密談を聞いた……そう勘違いしただけだ」

「…………」

「徳三は何も聞いちゃいねえ。本当にただ部屋を間違えそうになっただけなんだ」

「この娘と祝言を控えてるのに、女と逢い引きする奴の言うことなど信じられるか」

「本当だ。聞いてくれ……」

甲兵衛は座り込んで、間島を見上げて、必死に訴えた。

「奴は……徳三が会ってたのは、逢い引きの相手なんかじゃねえ。妹だ」

聞いている小夜は、「妹……」と呟いた。

「そうだ。腹違いの妹がいて、おみつというらしい。親父、徳次さんの妾の子だそうだ。けど、徳次さんは世間体があって、それを隠していたらしい。病気がちな女房が可哀想だからってな」

「ふん。自分勝手なやろうだ」

「だが、その妾ってのも哀れな女で、別の悪い男にいいようにされて、娘を深川の岡場所に売ることになった」

「よくある話だ」

「おまえが根城にしている土橋の一角にある店だ。偶然だが、あの賭場からも近い……腹違いとはいえ、妹が苦界に沈められていると知った徳三は、なんとか助けてやりたかった。だから、遊女屋に身請け金を払ってやり、あの『花月』で、おみつが本気で惚れていた男と会わせてやったんだ」

「…………」

「晴れて自由の身になったおみつは、その男とふたりして、男の故郷に帰った。正平という菓子職人らしい。田舎で店を出して、幸せになりたいと話してたって……徳三はそのために、『花月』に行っただけなんだ」

「よく出来た話だな。ならば、隠すことはないだろうが」

「親父は世間に隠してたんだ。だから、真藤って与力に密会してたと言われたときも、答えに窮していただけだ」

懸命に話し続けた甲兵衛だが、小夜の方はなんとも言えない悲痛な顔のままだった。

「なあ、間島……だから、徳三を陥れても何にもならないんだよ」

甲兵衛は刀を娘から放せと付け足した。

「――そうかい。事情は分かったが、徳三をどうするかは、俺の裁量では決められぬ。おまえも察したとおり、俺は阿片を用立てただけだ。悪かったな」

「やはり……」

「だが、その話はそれとして、〝吹きだまり〟で会ったが百年目。この顔の意趣返しをさせて貰うぜ」

間島はニヤリと火傷の頬を歪め、

「徳三は罪人として処刑される。そして、祝言を挙げたばかりの嫁とその父親は、悲観して、ここで心中……って筋書きはどうだ」

「て、てめえ……！」

立ち上がろうとする甲兵衛に、間島は余裕の声で、

「動くな。おまえを苦しめるために、まずは娘から始末するかな。花嫁が真っ赤に染まるのも乙なもんだぜ、ええッ」

と目を見開いて、小夜の喉を掻き斬ろうとした。

「やめろ！」

甲兵衛が思わず飛びかかろうとしたとき、後ろの襖からブスッと槍が突き出てきて、間島の腰の辺りを突いた。

「うわっ」

間島がその場に崩れた。さらに襖を蹴倒すように踏み出てきて、穂先を間島の胸元にあてがったのは——千鶴だった。他にも、大久保家の家臣が三人、乗り込んできて、間島を押さえつけた。抗おうとしたが、腰に受けた傷は深い。

「お、奥様……！」

「異変を感じたので、昨日の夕方から密かに張っていたのです。言いましたでしょ。決して余計なことはしないようにと」

「も、申し訳ございません……」

「命あっての物種。あなたたちは何ひとつ悪くないのですから、ほんに後は主人に任せて下さいましよ」

　この修羅場にあって、平然と説教をする千鶴を、甲兵衛は拝むように見上げている。その間に、家来に助けられた小夜も改めて、震える体で土下座をするのだった。

「小夜さん……もう大丈夫だからね。後は徳三さんが帰ってくるのを待つだけ」

「はい……なんとお礼を……」

「他人行儀な挨拶はいいから、もう一度、祝い酒を上げましょうね」

　あくまでも鷹揚な千鶴を眺めながら、

　——この妻があって、彦右衛門がいるのだなあ。

と改めて思う甲兵衛と小夜だった。


　その後、彦右衛門が北町の跡部に直談判し、すぐに徳三は解き放たれたが、事件は有耶無耶にされてしまった。

筆頭与力の真藤は、間島という浪人者が『魚徳』の主人がご禁制の品を扱っているとの報を聞いて、踏み込んだだけだと言い張った。むろん跡部はすべてを信じたわけではなく、筆頭与力の立場を奪った上で、謹慎させることにした。

数日後、間島は浪人であるから、町奉行所にて裁きを受けたが、

――昔、顔に火傷をさせられた恨みがあって、その復讐のために、娘の祝言を狙って騒ぎを起こした。そのために、町方与力の真藤を利用した。

ということが犯行の理由だった。

釈然としない彦右衛門だったが、跡部としては自分の配下の者が、犯罪に加担していたことだけは避けたかったのであろう。町奉行としての立場が危うくなるからである。しかも、跡部は関知していないことゆえ、官僚らしく体よく始末したかったのであろう。

間島は、徳三が入っていた牢屋敷に、遠島になるまで入ることとなったが、その翌日には自刃をして果てた。まるで、こうなることが決められたような事態だった。

だが、石出帯刀にして、「監視不足だった」と無念の意を表明したが、明らかに何か別の真実を消したいかのような手際よさだった。

徳三と甲兵衛は改めて、彦右衛門に詫びを入れにきたが、

「その前に……私はキチンと大久保様に話しておかなければならないことがあります」

と言うと、近くを通りかかった千鶴がエッヘンと咳払いをして、

「あの件ならば、もう許します」

と割って入った。

甲兵衛が「何のことだ」とキョトンとしていると、千鶴は微笑みかけて、

「ほら……こんな姥桜を口説こうとしたことですよ」

「なんと。甲兵衛、そんなことをしたのか」

「あ、いえ……とんでもございません」

「おまえも勇気のある奴だな。千鶴を口説くということは、こいつの毒にあたって、殺されるということだ」

「え、いや、そんな……」

必死に甲兵衛が〝冤罪だ〟と言うと、彦右衛門も剛毅に笑って、

「ふはは。冤罪は徳三の方だろう」

と水を向けた。

すると千鶴の方が徳三について、助言をした。

「結局、甲兵衛さんがすべて調べ出したことで、事件は解決しましたね。うちの檜垣親子も佐助らも何の役に立たなかった」

と都合良く話を誤魔化して、徳三が船宿で逢い引きしていたのは、腹違いの妹のためだったという良い話を聞かせた。彦右衛門は、「さすがは徳三だ」と褒めたが、甲兵衛は恐縮したように頭を下げてから、

「実は、まだ話してねえことがありやす。間島に言うとマズいと思って黙ってやしたが……徳三、大久保様には自分で話しな」

と背中を押した。

徳三は包帯だらけの体を窮屈そうに、今一度、頭を下げて、

「船宿の『花月』で部屋を間違えたのは、たまさかのことですが、その時の家臣らしい男の顔は尋常ではありませんでした。今にも斬られそうになったので、本当に驚きました……その時、止めに入った黒い着物の侍がいて、いかにも武芸者のような感じで……その人のことを、座敷の奥にいた人が、『兵庫助』と呼んだのです」

「兵庫助……」

彦右衛門はすぐに柳生兵庫助だと察して、

「座敷の奥にいたというのは」

「分かりません。目出し頭巾を被ったままでしたので……でも他のふたりの顔は、いずれも覚えてます。兵庫助と呼ばれた人も、俺を無礼打ちにしようとした家臣らしき者のことも」

徳三が説明をすると、甲兵衛は補足して、

「あの祝言の席をめちゃくちゃにされた時、表にいたのが、徳三が『花月』で見たという羽織の侍と一致するんです」

話を聞いていた彦右衛門が、「これは難儀なことになったな」と呟いた。

「えっ。大久保様には何か、お心当たりでも？」

「余計な詮索はよい。とにかく、二度と危ない真似をするんじゃないぞ」

彦右衛門はすべてを承知しているかのように、甲兵衛を見つめた。

「よいな。これ以上、関わると、本当に徳三と小夜に害が及ぶやもしれぬ。せっかく夫婦になれたのだ。のう徳三、これからも小夜とふたりして『魚徳』を盛り立てて、うちにも生きが良くて美味い魚を届けてくれ。頼んだぞ」

「は、はいッ」

徳三は嬉しそうに思い切り頭を下げると、「いててッ」と肩や肋のあたりをさすった。甲兵衛はまだ釈然としない様子だったが、彦右衛門も千鶴も昔のことは敢えて不問に付してくれたのだと思い、感謝で目を潤ませた。

千鶴共々、座敷を立ち去ると、入れ違いに檜垣左馬之助が入ってきた。後ろには、息子の錦之助が控えている。青白い顔で精彩に欠けるのは、日がな一日、屋敷内にある用人部屋に籠もっているからだ。

「何日ぶりかのう、錦之助、おまえの顔を見るのは」

「ええと……」

指を折って数えようとする錦之助に、彦右衛門は呆れて声をかけた。

「大丈夫か。拓馬と比べても情けないくらいに痩せ細ったではないか。元々は学問にも秀でておったし、剣術の方もそこそこ頑張っておったのに、何故、やる気がなくなったのだ」

「はあ……」

何を言っても反応が鈍いのは、心の何処かを病んでいるのかもしれぬと彦右衛門は思っていた。御殿医に診せたこともあるが、体も心も特に悪いところはないという。それにしては、覇気がないどころか、世捨て人のように暮らしていることが、老人にして血気盛んな彦右衛門には理解し難かった。

「大久保家の用人とか身分に不満があるのか？」

「いえ……」

「もう二十も半ばになる。おまえくらいの年で頑張っているのに、ろくな役職に就けぬ者も多い。庶民を見てみろ。朝も暗いうちから夜遅くなるまで働いても、食うのに精一杯の者は幾らでもいる」

「申し訳ありません。只飯食らいで……」

「さようなことは言うておらぬ。儂は、おまえに相応しい場で、おまえらしく頑張って貰いたいだけだ」

　彦右衛門が励ますように言うと、錦之助は相変わらず気の抜けた顔で、

「お言葉ですが、私に相応しい場とは何処でしょうか。私らしさとは一体なんですか」

　と問いかけた。

すぐに檜垣が「こらッ」と制した、錦之助は無表情でありながら、彦右衛門に向かって問いかけてきた。

「殿……人生の楽しみとは何でございましょうや」

「なに……？」

「私は物心ついたときから、勉学をしても遊んでいても、楽しいと思ったことがあり

ません。いえ、物事が少しずつでも分かっていくことは喜びです。大久保家の人たちはみんな優しくて、私のことも大切にしてくれます。けれど、なんというか……何事にも冷めるというか、つまらなくなるのです」

「言うておる意味が、儂には分からぬ。やり甲斐や幸せは自分で見つけるものだ」

「――ですよね……あ、いいです。私には兄弟がおりませぬし、母親も……」

「そうじゃのう。だから、寂しいのか。まだ、おまえが幼い頃に、男が出来て遁走し、檜垣もずっと泣いておった。のう、左馬之助」

彦右衛門が水を向けると、檜垣はどうでもよいという顔になって、

「錦之助。おまえは何が不満なのじゃ。殿にまで下らぬことを言いおって。嫌なら、今すぐ、この屋敷から出ていけ。ひとりで食うていけるなら、やってみろ」

と叱りつけるように言った。

すると、錦之助の方は顔をグイッと上げて、

「それは、まことでしょうか、父上」

「ああ。好きにするがよい。飯の支度も自分でできぬ奴が、片腹痛いわい。物乞いになるのが関の山だ」

「なら、そう致します。このお屋敷にいても、どうせ用人にしかなりませぬゆえ」

「なんと申した。殿の前で、無礼も大概にせい！」

「殿！　では、これにて御免なさいませ！」

スッと立ち上がると、錦之助はスタスタと廊下を去って行った。

「まったく……申し訳ありませぬ、殿」

檜垣はひれ伏すように、彦右衛門に謝って、

「どうせ、すぐ腹が減ったと帰ってきます。飼い猫の気紛れみたいなものです」

「飼い猫、な……だとしたら、しばらく野良猫に揉まれるのも良いかもしれぬな。はは、親父は辛いのう。儂もよう分かるぞ」

彦右衛門は案ずるまでもなかろうと、豪快に笑ったが、あまりに急なことゆえ、中間をひとり尾けさせておくことにした。

「それよりも檜垣……おまえにもひとつ頼みがある。尾張藩邸に伝えて貰いたいことがあるのだがな」

「尾張……それはまたぞろ何か……」

「儂もまだ何も分からぬ。だが、先だっては、水戸と紀州絡みで一悶着あったからな。様子だけでも探っておきたいのじゃ」

「そういうことなら……はあ……」

息子のこともあって、あまり乗り気のない檜垣だが、従うしかなかった。

六

その昼下がり――築地の海辺で、釣りをしている三十絡みの侍がいた。着流しだが、浪人には見えぬほど清楚であり、顔つきや竿を出す様子も上品であった。

寒空の割には穏やかな日和の中、少し沖合には、数艘の小舟や漁船が浮かんでおり、侍の周辺にも同じように釣りを楽しんでいる姿がチラホラある。鯊でも狙っているのであろうか。浪人風であったり、商人や職人風など色々な者が真剣な顔で海に臨んでいる。

その清楚な侍の側に近づいてくる、やはり釣り竿を肩に載せた黒い着物に袴姿の侍がいた。地面に置いた魚籠に腰掛けると、

「兵庫助か……」

と清楚な侍の方から声をかけた。軽く頷いてから、兵庫助は言った。

「なんとか片が付いたようですが、窪田は先走りすぎたようです。下手をすれば、肝心なことの方が表沙汰になるやもしれませぬ。あの時、部屋を間違えた男は何でもな

い、捨て置くように私は言っていたのに」

「余の与り知らぬことだ」

「とは申しましても、一度、歯車が噛み違ってしまえば、殿にも迷惑がかかってしまいます。惚けて済むことではありますまい」

「そうならぬよう、おまえが見張っているのではないのか」

「むろん、そのつもりですが、胆力のない者たちは、とかく事を急いてし損じるか、結果を焦って最後の最後に失敗する。いっそのこと、柳生の私たちに任せてくれませぬか」

「…………」

「沖にいる舟も、周りを取り囲んでいる釣り人も、みな私の配下の者であることは、殿は百も承知でございましょう。無駄に町場に出歩いていては、つまらぬ事に巻き込まれることもあります。どうか、ご自制のほど」

「無駄とは思わぬがな」

殿と呼ばれたのは、尾張徳川家十四代当主の徳川義恕——後に、徳川将軍が十五代慶喜となってから、慶勝と名乗るようになる。

この義恕こそが、船宿『花月』にいた目出し頭巾の侍で、窪田に対して「名を貸すだけ」というのを承諾した人物だ。

「見て見ろ、兵庫助……そのうち、この江戸の海は、いつぞやの黒船で埋め尽くされるであろう。日米和親条約が結ばれて後、タウンゼント・ハリスという商人が、すでに駐日公使として下田に来ておる」

「承知しております」

「そやつは下田の玉泉寺に逗留しながら、江戸城での将軍謁見を望んで、何度も打診してきておる。当然、攘夷論者の水戸斉昭らは反対しておるから、今のところ江戸出府は保留されておるが、いつか必ず将軍は会わねばなるまい」

徳川義恕にとって、水戸斉昭は母方の叔父にあたる。つまり慶喜は従兄弟である。この慶喜を、一橋派は将軍の候補に担ごうとしている。義恕も、

——家定よりも、紀州の慶福よりも慶喜がマシだ。

とは考えているものの、御三家筆頭の尾張家の名が挙がらぬことが悔しい。なんとしてでも、尾張が幕府の中枢にならねば、この国は滅び、異国の植民地となってしまうであろうと本気で思っていた。

「重々、分かっております。ですが、ならば尚更、御家騒動をしているときではないのではありませぬか」

「なに……」

「これは失礼なことを言いました。お詫び致します。将軍の座に相応しいのは尾張家であり、義恕様でございます」

兵庫助は釣り人に扮している手前、深々と頭を下げなかったが、義恕の方は「ふふ」と苦笑を浮かべて、

「余が将軍になりたいなどと思うておるのか」

「そうではないので……？」

「むろん余が将軍になった方が、話が手っ取り早い。異国と上手く交渉ができる」

自信満々に断じた義恕の横顔を、兵庫助はチラッと見て、

「まさか開国をしようと……？」

「当たり前だ。和親条約などと中途半端なことをしても仕方があるまい。それゆえ、今度は商人を使わし、通商条約を取り交わさせるつもりであろう……ここで、もたもたしていると、今度は戦艦が軍団を組んでくるやもしれぬな」

「戦艦……」

「いつぞやのたった四杯とは規模が違うぞ。そうなれば対等に話はできまい。その前に、知恵を使わねばな。日本を取り巻く情勢を甘く見るでない……家定なんぞには到

底、交渉は無理だ」

「………」

「かといって、斉昭殿のように何が何でも排除するのは、時勢を誤って見ておる。狭い世の中しか知らぬ叔父上に何が分かろう」

「では、殿は、この国のためなら、幕府の屋台骨が折れてもよいとお考えで……」

「屋台骨どころか、幕府自体が壊れてけっこう。その先は、また別の政をすればよい話だ。余なら、それができる」

あくまでも自信たっぷりの義恕の言い草は、単なる妄想とも思えなかった。だが、その前に、他国と交渉でき、さらに決定できる立場にいることが、義恕にとって重要だったのである。

「これはお見逸れ致しました……お側にお仕えしておりながら、十年いや百年先を見据えておいでだったとは」

兵庫助が恐れ入ると、義恕はまた苦笑を浮かべて、

「何を言う。新しい世のためには、おまえたち柳生の力も必要なのだ。余の身を守るだけではなく、国を守るために働け」

と広い空を見上げた。

義恕がここまで思うのは、これまで将軍を出す御三家筆頭でありながら、尾張が何代も排除されてきたからだ。

八代将軍・吉宗が運良く、尾張を飛び越えて、紀州から将軍に座った。それ以降、尾張藩の当主として直系の継嗣がいても、わざわざ紀州から養子を据えて、代々の藩主としてきた。つまり、紀州の監視下にあった。だが、義恕が何代かぶりに尾張家直系の藩主となったのだ。

しかし、これが逆に、幕閣や尾張家中の御年寄衆からも、将軍家との血縁が薄いということで見下されていた。それゆえ、紀州系の幕府に対して、七代当主・徳川宗春以来の恨みを抱いていたとしても不思議ではない。

だが、幼い頃から聡明だった義恕は、この国の行く末の舵取りができるのは、もはや幕府ではなく、ましてや家定のような病弱な上に暗愚な将軍ではダメだと思っていた。

「繰り返すが、余は己が将軍の座に就きたいのではない。異国と対等に交わるために尽力したいだけだ。そのために人材も集めねばなるまい。大砲や鉄砲、槍や刀だけで世の中を変えるのは愚の骨頂だ」

義恕の本心が何処にあるか見極めるのは難しいが、兵庫助は自分の尾張柳生のこの先のために、無用な争いはせぬのが良いと心に誓った。それが柳生新陰流の極意でもあった。

ふたりがお互い微笑み合うと、同時に釣り糸が引いた。

「とにかく、藩主ともあろう御仁が、ぶらつくのだけは、なるべくご勘弁を」

兵庫助は諫めるなり、勢いよく竿を上げると、見事な鯛が釣れていた。

その夕暮れ、義恕が築地屋敷に帰ると、檜垣が玄関脇の小部屋で、痺れを切らすように待っていた。

「お初にお目にかかります。私は、上様の御書院番頭・大久保彦右衛門の用人、檜垣左馬之助という者にございます。市ケ谷御門外の上屋敷にお訪ねしたところ、中屋敷だと教えられまして、失礼を承知でお邪魔しておりました」

檜垣が丁重に言って、彦右衛門から預かった文を差し出した。

周りには十数人の家臣が警護をしているが、義恕は不機嫌な面構えになって、

「こっちは大した釣果がなくてな、少々、苛ついておる」

「申し訳ございませぬ」

「文は後で読む」

義恕が答えると、出迎えていた側用人の田宮弥太郎が、檜垣から文を受け取った。四十半ばの田宮は勘定奉行や町奉行を経て、藩主側用人となった遣り手である。その風貌は無骨を絵に描いたようだが、物腰は穏やかだった。後に家老となり、如雲と名乗って生涯、義恕に尽くした。

「ご苦労様でした。帰って宜しいですよ」

田宮がやんわりと退出を迫ったが、檜垣は踏み留まったまま、

「畏れながら、できますれば直ちに返事を頂きたく存じます」

「なんと。大久保彦右衛門とやらは、そんなに偉い男なのか」

「上様のご意向もあって、急遽、馳せ参じて、ここで待たせて頂きました。どうか、宜しくお願い致します」

「上様となら、余が直に話すこともできる。文を改めた上で、返答するによって、大久保には、さよう申し伝えよ」

「ですが、しかし……」

「くどい。〝天下のご意見番〟とのことは承知しておるが、余は聞く耳は持たぬ」

義恕は甲高い声で言うと、さっさと奥に向かっていった。檜垣はこれ以上のことはできないので引き下がるしかないが、穏やかそうな田宮に擦り寄るように、

「ご貴殿からなんとか、義恕公のご機嫌を直して、返事を頂けるよう……」

と言いかけると、殿の前とはガラッと態度が変わった。

「ならぬものはならぬ」

田宮は強い口調で拒否した。そして、「さあ、帰られよ」と命じるように言った。

すると、控えていた家臣たちが迫ってきて、力尽くでも追い出すように身構えた。

「――さようですか。では、ひとつだけお伝えしておきますが……」

檜垣は声を囁くほど低めて、

「義恕公のお命を狙っている者がおるとのことです。何かあってからでは遅いですので、くれぐれもお気を付けて下さいまし」

と言った。

その瞬間、田宮の目つきが俄に鋭くなり、家来を押しのけて顔を近づけた。

「めったなことを言うでない。無礼千万。ここで斬られても、言い訳ができぬぞ」

「いえ、私は義恕公の御身を案じて……」

「さっさと出て行け。でないと、目の前の海に沈めるぞ」

「さようでございますか。ならば、お沈めになれば宜しかろう。尾張の御為に参ったのに、残念です。今の脅し文句、不肖、檜垣左馬之助、覚えておきますぞッ」

珍しく憤慨して、檜垣は家臣たちを睨みつけるようにして門外に立ち去った。

外はすっかり暗くなっていたが、つと立ち止まり、

「――はあ……余計なことを言うのではなかった……うちの殿に何か危害が加わらなければよいが、とほほ……」

と檜垣は情けない声で肩を落とし、日本橋川沿いの道を歩き出した。

その行く手に、人影が立った。

「!?――まずい……早速、追っ手がお出ましか、ええッ」

檜垣は立ち止まるとわずかに腰を落として、刀の柄に手をかけた。彦右衛門ほどではないが、毎日、真剣を五百回ほど振っている。若い頃から、柳生新陰流を嗜んできた。問答無用で襲ってくる輩には、手加減するつもりはなかった。

「誰だ。尾張の者か。卑怯者めが」

威嚇するように檜垣は言ったが、真剣で人を殺したことはなく、声は少々、上擦っていた。それでも構えだけは、還暦近い年には見えぬほどシッカリとしている。

「それでは勝てませぬぞ、親父殿」

「なに……?」

顔がハッキリとは見えぬが、数歩近づいてくる間に、辻灯籠の明かりに浮かんだの

は、自分の倅（せがれ）の錦之助だった。

「な、なんだ、おまえか、脅かすな……威勢（いせい）良く出ていきおった癖に、もう尻尾（しっぽ）を巻いて降参か」

「父上こそ、子供の使いのように追い返されて、まったく冴（さ）えませぬな」

「なんだと……まさか、おまえ、見ておったのか」

驚きつつも、檜垣は説教したそうな顔になったが、錦之助は指を立てて、

「周りには柳生の者たちがチラホラいますよ。どうやら目を付けられたようなので、ここではなんですから、たまにはいい店で、鮪鍋（まぐろなべ）でも食わせて下さい」

「ほら見ろ。腹が減っただけのくせに、見栄（みえ）を張るな」

そう言いながら、自分を頼ってきた息子可愛さに、何度か訪れたことがある八丁堀にある鍋屋に向かった。

七

料理屋の二階の席からは、目の前の海が見渡せる。すっかり暗いが、夜釣りの漁船の灯りがちらほら星のように煌（きら）めいている。

「釣りをしていた尾張家……義恕公は、いずれ江戸の海が黒船で埋め尽くされるであろうと話してました」

錦之助は海に目を向けたまま言うと、檜垣は吃驚して、

「なに……誰にだ」

「柳生兵庫助殿、尾張柳生家の当主です」

「なんとッ」

「私も釣りをしていたのです。多分、怪しまれていましたが、どうせ何処かの馬鹿息子とでも思って、眼中にはなかったようです。下手に追っ払うと、義恕様の警護だらけだと分かりますからね」

「——おまえがどうして……何のために……」

仲居が運んできた鮪鍋が煮えるまで、錦之助は屋敷にいるときの引き籠もりとは違って、爛々と目を輝かせ、

「向島の『花月』という船宿で、義恕公と面談していたのは、窪田という者だと分かりました。窪田篤正……この者は、なんと尾張家の分家である高須藩藩主・松平義比様の家中でした」

「なんと、あの高須四兄弟と称される……」

美濃高須藩十代藩主の松平義建の息子四人は、義恕が尾張藩主、松平容保が陸奥会津藩主、松平定敬が後に伊勢桑名藩主となり、それぞれの立場で協力したり競い合ったりして、幕末維新の乱世の時代を切り抜けた。ちなみに、義比とは、後に十五代尾張藩主になる茂徳のことである。

「義比様が上様に謁見した折は、もう数年前になりますが、我が殿……大久保彦右衛門様も警護役として同席しております」

「ああ、そうだが……その窪田とやらが、何故、義恕公に密かに会わねばならぬのだ。同じ四谷高須邸で生まれた兄弟同士、しかもお互い在府ゆえ、直にでも会えようものを」

「それが、なんというか……」

「なんだ」

「会津の松平容保様が幕府寄りであるのに、尾張の義恕様は必ずしもそうではない。高須の義比様は攘夷派……」

「対立しているというのか。同じ尾張徳川家の分家筋で……」

「激しい対立というわけではありませぬ。仲が悪いわけでもありません。大久保家でも、龍太郎様と拓馬様では考え方が水と油です。ですが、それぞれ憂えていることや心配していることは同じ。考えや思惑が違えば、事に臨んで手法も変わるということです」

　檜垣は唖然と聞いていたが、不思議というより気味悪げに、

「おまえ……何故、そんなことを……腑抜けのふりをして、尾張のことを調べておったのか。どういうことなのだ」

　と言うと、錦之助はなんだか嬉しそうに笑った。

「まあ、よいではないですか。うちの殿も常々、生き甲斐を見つけろと話しておられますしね……あ、そろそろ食べられますよ。鮪は生でも食べられるものですから、さあ」

「言われなくとも分かっておる」

「こうして、親子水入らずで鍋をつつくのも珍しいことではありませぬか。屋敷では家来衆や佐助らうるさい中間らもおりますし」

「うるさいことはないだろう」

「毎日、酒を飲んで宴会ではないですか。私はどちらかというと、拓馬様のように下戸に近いですし、終わりがないドンチャン騒ぎは苦手です……あ、尾張がないなんて、駄洒落じゃないですよ」

「この無礼者めが」

「いつぞや、吉田松陰という長州の下級武士が大久保家に逗留したのを覚えてますよね。佐久間象山先生らに気に入られて、黒船まで見に行った。その折には、龍太郎様も同行し、屋敷では西洋科学に詳しい拓馬様が相手をしてました」

「うむ。かなり気が合ったようだな」

「その吉田松陰は、国元で松下村塾というのを開いて、新しい国を担う若者を集めて学び合っているそうです」

「さようか……おまえは、そういうことに興味があるのか……大久保家の用人では不満足だというのか」

「不満足というよりは、大久保家もなくなります」

「なんという、無礼なッ」

「異国と交流し、徳川幕府や大名家がなくなれば、自ずと旗本・御家人も必要がなく、侍すらいなくなるかもしれませぬ」

「おまえは馬鹿かッ。仮にも武士の端くれではないか。恥を知れ」

　そうは言いつつも、檜垣も珍しく、人間らしい穏やかな態度で、はふはふと嬉しそうに鍋を食べながら訊いた。

「それが、おまえの生き甲斐というやつか」

「屋敷の中に籠もってるよりは、マシだと思いますがね」

「まったく……して、その窪田篤正とやらがなんだというのだ」

「尾張義恕公は、元々、下級武士からの要望があって藩主に担ぎ出されました。そのときから支えているのが、父上が今し方、会ったばかりの田宮弥太郎様です」

「うむ。承知しておる」

「しかし、この田宮弥太郎という人……昨年、何があったのか、側用人から退き、その後、免職になっているのです。ずっと藩の要職に就いてきたのに、謹慎同然の身」

「む？　先程、いたではないか」

「ええ。今年になって、なんと水戸の斉昭公の推挙によって、再起用をしたそうです。なんとも毀誉褒貶の多い人物ですが、どうやら攘夷論を訴えすぎて、藩重職らから顰蹙を買ったようで、義恕公としても一旦は罷免するしかなかったとのことです」

　何もかも承知のように話す錦之助に、

「毀誉褒貶か……たしかに裏表がある男に見えた。それにしても、おまえは、どうしてそこまで知っておるのだ」

「拓馬様に聞いただけです。龍太郎様と違って、いつも斜に構えておりますが、意外と公儀内の揉め事や世相に詳しいですよ。猪三郎様もぼんやりしているわけではありません。世の中を憂えております」

「それで、おまえに探れとでも命じられたのか」

「いいえ。私が勝手に……新しい世の中になると、用人なんかせずに、もっと楽しいことがあるような気がしてきましてね」

錦之助は嬉しそうに答えてから、

「あ、それで、窪田というのは、田宮様が免職中だった頃、なぜか面倒を見ていたのです。まるで家来のように」

「なに。その理由は」

「ですから、訳は知りませんよ。しかし、どうも、その間に、何か事が進行していた節があるのです……松平義比様は尾張義恕公に何かあれば、次に藩主になる立場です。つまり、田宮様が離職していた頃は、御家騒動の真っ只中にあったとも考えられます」

「藩主に謀反か……」

「とも考えられます。松平義比様は、頑固な攘夷派。田宮様も水戸斉昭様と通じるほどの攘夷派閥……それに比べれば、尾張義恕公は穏やかです。斉昭様や薩摩の島津斉(なり)

彬様の影響で、義恕公も幕閣らに対しては対外強硬論をぶっておりますが、それは御三家筆頭の建前に過ぎないでしょう」

冷静に分析している錦之助の話を聞いていて、俄に檜垣は背筋がぶるっときて、

「おい……誰が聞いておるか分からぬ。無事に大久保屋敷に帰れぬかもしれぬ。その辺にしておけ。酒はどうじゃ。おまえは飲まなんだな……酒は飲めた方がいいぞ」

「はあ？」

「異国の奴らはかなりの酒好きと聞く。酒を酌み交わせば、話も通じるやもしれぬ」

「酒は関係ないでしょう。それよりも、窪田の狙いが何か、田宮はそのことに気づいているのかどうか……私だけでは調べかねます。どうか、殿にお伝え下さいますか」

「――おまえが直に言えばよい」

「私にはどうも……義恕公に何か罠を仕掛けているような気がするのです」

「………」

「殿もそのことに気づいているからこそ、父上に文を届けさせたのではありませぬか」

鍋の前で、大真面目に話す錦之助の顔を、檜垣は複雑な表情で見て、

「あのな……私も年だ……厄介なことは御免だ……おまえに家督を譲るから、好き勝

手にしてくれぬか……もう心の臓も足腰も疲れた……国家存亡の危機の前に、こっちが滅びる」

と小役人のように気弱に言った。

「もう、その話はよい。せっかくの鍋が不味（まず）くなる……」

「さようですか。国のことより我が身が大切ですか。それも偽（いつわ）らざる気持ちです。私とて、公儀のためとはいえ、己（おのれ）が心底、信じていないことのために命を捨てるのは嫌です」

「大袈裟（おおげさ）な……」

「だからこそ、真実を見極めたいのです。このままでよいのか、新しい世の中の方がマシなのか……如何（いかが）です、父上」

「知らぬ。やめろ、ほんとに鍋が不味くなる」

不機嫌になった檜垣は鍋をぜんぶ浚（さら）い、そして際限（さいげん）なく酒を飲み続けた。

翌日、錦之助は緊張の面持（おもも）ちで、彦右衛門の前に座っていた。

「そうか。いよいよ、檜垣家を継ぐ覚悟ができたか」

彦右衛門はニンマリと笑った。

「違います。父上は昨夜、飲み過ぎて、部屋で寝ております。仕方なく、私が報告に参りました。実は……」

檜垣に話したことを彦右衛門に伝えると、

「そうか……やはり田宮様が絡んでいたか……さもありなん」

と感慨深げに言った。

「殿は、田宮様をご存じなのですか」

「二、三度しか会ったことがないがな。尾張藩士の大塚某の息子だが、田宮半兵衛の養子となって、その才覚を遺憾なく発揮してきたといってよいだろう」

「田宮半兵衛というのは、あの尾張藩で長年、町奉行をしていたという」

「よう知っておるな」

「尾張の大岡越前と呼ばれていたと聞いたことがあります」

「さよう。上からも下々からも信頼が篤かったらしい。ゆえに、田宮弥太郎も町奉行や勘定奉行の職にあったのだろうが、檜垣が感じたように少々、癖がある」

「殿ほど癖がある御仁がいましょうや……あ、冗談です」

錦之助が詫びると、彦右衛門は苦笑して、

「冗談を言う奴だったか、安心した。親父のような堅物にはなるな」

「なりません。いえ、なれません」

「結構、結構……だが、洒落にならぬことを伝えておく」

彦右衛門が急に真顔になって、

「幕閣の家臣や大目付、目付らが探索していることの中に、尾張公を将軍に立てて、異国と交渉をしようと企図しておる一派がいるとのことだ。謀反ではなく、正当な将軍継承としてな」

「御三家筆頭ですから、私から見ても紀州慶福様や一橋慶喜様よりも、尾張義恕公が相応しいような気がしますが……もっとも私はお血筋よりも為政者としての才覚を重視した方がよいと思います」

「なるほど。儂も義恕公が面白いかと思う」

「面白い……？」

「西欧列国の事情にも通じておるからだ。ただ排除すれば良しとする水戸様や紀州様は、儂の肌には合わぬ」

「これは異なこと……殿は誰もが認める将軍家の側近中の側近だと思っておりましたが」

「その通りだ。だからこそ、家定公を支え、篤姫を正室に迎え、継嗣を産んで貰うことを切に願っておる。家定公はたしかに病弱に生まれ、それゆえ気も弱い面があるが、徳川家の存続のためには是が非でも、壮健になられて長生きして貰いたい」

「それはそうですが、このご時世を鑑みると、一国の主君にしては頼りない気がします」

「だからこそ、有能な家臣が支え、次の代に繋げばよいのだ。その御家大事と異国対策とは別の問題だ……それを、水戸斉昭様も紀州の家付家老水野忠央、さらにはそれに与する彦根藩主の井伊直弼様も大きな勘違いをしておる」

「勘違い……」

「であろう。異国と対峙するときに、内政でゴタゴタしておっては、敵に付け入る隙を与えるだけだ。戦国の世に戻してはならぬ」

　彦右衛門は毅然と言ってのけ、

「それに比べて、田宮様はハッキリしておる。義恕公を尾張藩主にと担ぎ上げたときも、徳川家の本筋と人望をもって藩主を決めるべきだと古老たちを説得し、下級藩士や庶民をも味方につけた。かくも正々堂々と真っ向勝負をする人物だ」

「――そうでしたか……」

「だが、此度の動きは少々、腑に落ちぬ」

と意味ありげな笑みを浮かべて、彦右衛門は錦之助を凝視した。

「儂の愚考かもしれぬが、田宮が離職していた時にこそ、何か仕組んだのであろう」

「私もそう感じます……」

「ならば話が早い。儂が手筈を整えるゆえ、おまえは田宮に近づけ」

「えっ……？」

「それこそ、おまえを不届き者として大久保家から追い出すから、田宮の家来になれ。そして、儂の間者として内偵するがよい」

錦之助は意外な命令に、返す言葉もなく見つめ返していた。

「どうした。腰が引けるか。嫌なら無理にとは言わぬ。おまえが新しい世のため人のための生き様を探しているようじゃから、その渦中に飛び込んでみろと勧めたつもりだが……さほど強い意志はないか。やはり引き籠もりが似合いだな、はは」

彦右衛門が小馬鹿にするように言うのは、煽るためだと錦之助は察したが、

「もちろん、お引き受け致しましょう。で、何を探れば宜しいので」

と逆に挑発するような目になった。

「田宮が今でも真に尾張義恕公の味方がどうか。謹慎中に何を画策していたか。そして、高須藩主の義比様と窪田篤正が何を為そうとしているのか……分かるな」

「――殿は本当は知っているのではありませぬか……何が起ころうとしているのか」

疑念が膨らんだ顔で、錦之助が聞き返すと、彦右衛門は微笑を浮かべて、

「ひとつだけ伝えておく……義恕公は異国との戦だけは避けたいという思いがある。だが、別の一派は、戦をするためには義恕公を悪者にして、まずは尾張を潰そうと考えている」

「それは一体、どういう……やはり水戸や一橋が優位になりたいのですか――!?」

「おまえが世の中の行く道を変えるやもしれぬのだ。しかと頼んだぞ」

彦右衛門の命令を、錦之助は身震いじながら聞いていた。捨て駒にされるかもしれぬという畏れも感じていたが、

――只飯食らい。

という汚名だけは返上したいと思った。

さらに錦之助には、次の世が訪れたときに為すべき大きな野望と目算があった。だが、彦右衛門は勘違いしていたのか、

「おまえが無事、大役を果たした暁には、文江か葉月、どちらかを嫁にやろう。双子だが性格はまったく違う。好きな方を選べ」

「いいえ、結構でございます。私は……いずれ異国に渡って、そこで妻になる女子を

探しとう存じます」

「なんと……！」

「わくわくします。楽しみです」

錦之助はまるで遊覧にでも出かけるかのように嬉々として立ち上がった。

「やはり、どうも分からぬ奴だな……」

彦右衛門は呆れ返ったが、錦之助には何か狙いがあるのか、実に楽しそうに一礼して立ち去るのだった。

その頃——下田から、タウンゼント・ハリスの使者として、海防掛の役人が何度も江戸城に上申をしにきていた。まずは将軍と謁見することが、今後の通商条約などの交渉に向けての足掛かりである。だが、老中・堀田正睦は頑なに延期を指示していた。

江戸城に、不穏な雰囲気がずっと漂っているのを、彦右衛門は肌で感じていた。

第四話　まずは民の利

一

老中首座・堀田正睦の登城行列が、麻布日ケ窪にある下総佐倉藩邸から出たのは、昼四つ半のことだった。

家康が江戸入封した当初、この辺りはただの田畑ばかりの百姓地だったが、正徳年間に町奉行支配になってから、武家屋敷や町屋が建ち並ぶようになった。周辺は坂道が多いので、行列も一苦労である。三方が低い山に囲まれた窪地だが日当たりが良いのが、地名の由来である。

近くには、かの赤穂浪士の事件の折、十名が切腹した毛利邸があるせいか、今でも〝討ち入り〟の印象が残っている。窪地ゆえ逃げ場がないという地形もあって、家臣

た。

たちは常に油断をしないでいた。

しかし、昨年の大地震の折には、さほど被害は出ず、佐倉藩邸も無事だった。だが、堀田正睦自身は怪我を負った。それでも陣頭指揮を執って、江戸の災害救済に奔走した。

当時、堀田は幕閣ではない。いわゆる〝天保の改革〟の水野忠邦の失脚の影響もあって、老中を辞任していたのだ。だが、迅速な対応である。そのため幕閣からも評価を受け、時の老中首座・阿部正弘から熱心な推挙があって幕閣に復活し、さらに老中首座を務めるまでになっていた。鮮やかな返り咲きである。

今年、安政三年になって、将軍家定が薩摩から篤姫を迎えたことで、これまでの正篤の文字を憚って、正睦に改名していた。とはいえ、阿部正弘は老中を辞したわけではないので、まだまだ影響は強く、堀田は阿部の盾の役目だと揶揄されていた。

その証に、阿部の命によって、堀田は外国掛老中を兼務させられた。堀田は国元で蘭学を奨励し、著名な学者も招聘して学問所や医学館などを作るほどの〝外国通〟であった。開国して通商をすることで国の富を築くことができると説いていたので、いずれ来るであろうメリケンやオロシアなどとの通商条約の交渉を任せようと期待していた。

しかし、期待して重用したというよりは、

――攘夷派から命を狙われるのを警戒して、堀田を矢面に立たせたというのが、阿部の本音だった。

むろん、老中として有能だった阿部は、水野忠邦を追い出した後、自ら改革を断行し、度重なる外国船に対しては、海防掛を創設したり、国防のために多くの有能な人材を登用した。だが、東インド艦隊やペリーやプチャーチンに対して、何ら大した手立てを打てなかったがため、結果として幕府の権威を落とすことになった。

そのため、海防掛参与に任命された徳川斉昭らが提唱する、朝廷を中心とした尊皇攘夷の思想が台頭することとなり、阿部では太刀打ちできなかったのである。

ゆえに、老中首座となった堀田は、常に攘夷派に狙われる立場となった。かといって、開国派が支持したわけではなく、常に不安定な立場ゆえ、いつ何時、命を狙われるか危険な状況であった。

この日も――いつもの決められている登城行程に従って、堀沿いの道を山下御門に向かっていると、

「お願いがございます、お願いがございます。老中首座の堀田備中守様の御駕籠とお見受けし、嘆願に参りました」

とひとりの侍が、数十人もの行列に横合いから近づいてきた。羽織袴姿である。

沿道には日頃から、大名行列同然の幕閣らの登城風景を眺めている庶民の姿があり、そのための茶店まであるくらいだ。しかし、行列を止めるという行為は、無礼打ちに該当する罪である。しかも、老中首座と承知の上で邪魔をするのは、たとえひとりであっても〝要人襲撃〟と見なされる。

「無礼者！　老中首座の登城と知っての狼藉か。控えおろう！」

裃姿の供の家臣らが集まって、羽織袴姿の侍を叱責した。侍は地面に座ると、作法通り文を竹竿の先に挟んで差し出した。だが、目の前を堀田が乗っている駕籠は通り過ぎる。それでも、侍は家臣に向かって、

「国難の折です。開国を模索している堀田備中守様に嘆願に参りました。是非に、メリケン総領事であるタウンゼント・ハリスとの面談を執り行って下さい」

「さようなことは御公儀に任せろ」

「一刻の猶予もありませぬ。どうか、この文をお受け取り下さいませ」

「下がれ、下郎」

「私は高須藩藩士、松平義比様の家臣、窪田篤正という者です。この文は、尾張藩主、徳川義恕公から預かりしものです。訳あって上様にはお届け出来ず、堀田様にお

縋りたいとのことです」

「──な、なんだと……」

御三家筆頭の尾張家を出されては、供侍如きにはすぐに判断はできかねた。しかも、尾張藩の分家、高須家藩主の家臣と名乗られては、嘘だと追っ払うわけにもいかぬ。もし事実ならば、堀田家はもとより、幕閣を巻き込む事件にもなりかねない。

供侍のひとりがすぐに堀田の駕籠を追いかけ、ゆっくりと移動しながら、扉越しに声をかけた。対処を尋ねたのだが、

「捨て置け」

の一言だけが返ってきた。

「宜しいのですか。もし、尾張様の……」

「まことに用件があるならば、しかるべき筋から参るはず。高須藩云々も出鱈目であろう。しつこいようなら、老中首座の行列を乱す不埒者として成敗せい」

強気の堀田の声に、供侍は窪田の前に駆け戻ると、

「受け取らぬとのことだ。そこもとが事実、高須家の御家中であれば、かような行いをせずとも、筋道を立てて下され」

「なんと……尾張義恕公からの文をお断りなさるのか」

「御老中がそうおっしゃっておる。ここは、お引き下がり下され」

供侍は無礼にならぬよう丁寧に拒んだつもりだが、窪田は腹立たしげに立ち上がると、通り筋で見物している町人たちにも聞こえるような大声で、

「こっちは、尾張藩主・徳川義恕公の使いで参ったのだッ。それを無下に悪し様に追い返すとは、何事だ！」

と言って立ち上がった。

同時、やはり羽織袴姿の侍が十人ばかり、何処に潜んでいたのか飛び出してきた。一瞬にして、緊張が広がった老中首座の行列に、野次馬たちも吃驚仰天して見守っていた。

堀田の供侍たちのうち半数ほどが、駕籠に気を遣いながらも、窪田たちの元に駆けつけて、今にも刀を抜かんという勢いで対峙した。

「構わぬ。こやつらは老中首座を襲う輩だ。成敗致せ！」

供侍頭が叫ぶと一斉に刀を抜き払い、窪田たちを取り囲んだ。その間に、堀田の駕籠は山下御門に近づいていき、門番を担っている旗本の家臣たちも「すわ、何事か！」と駕籠を護るために飛び出してきた。手には刀や槍、鉄砲までもある。

窪田は怯む様子もなく、むしろ売られた喧嘩は買うとばかりに居丈高に、

「堀田が何者ぞ！　阿部正弘に担がれたただの神輿ではないか！　御三家筆頭の声も聞かぬ老中に、一体何ができよう！　国難は堀田が自ら招いておるのだ！　放っておくと、この国は異国からの大砲で火の海になるぞ！　それでも老中の職にしがみついておりたいのか！」

と次第に声を大きくしていった。

「民の利を先にして、己の利を後にするのが我が家の家訓！　堀田様は我が利が先にあるのか！　お答え下され！」

だが、堀田の駕籠は無事に城門内に消えていった。

残った供侍たちと窪田たちは一触即発の様相を呈してきた。いずれかが斬り掛かると、必ずや血を見なければ収まりそうになかった。野次馬たちも息を呑んで立ち尽くしていた。

その時——今ひとつ武家駕籠が来て、緊張で向かい合った侍たちの間に割って入るかのように止まった。

黒塗りではあるが、堀田のような立派な駕籠ではなく、担ぎ手もふたり、供侍はわずか数人しかいない。他に槍持ちや中間も何人かいたが、老中の行列に比べれば貧相なものだった。

駕籠から、よっこらしょと出てきたのは、大久保彦右衛門だった。そして、いきなり窪田に向かって、

「帰れ。殺されるぞ」

と声をかけた。

「堀田様の供侍は、江戸柳生家の者たちがほとんどだ。おまえたちとは所詮、ここが違う。ここもな」

と言いながら、腕と頭を指した。

「なんだと、爺イ！」

窪田が刀を抜き払おうとすると、堀田の供侍頭が、

「無礼者。上様の御書院番頭、大久保彦右衛門様なるぞ」

と言った。窪田はわずかに怯んだように、

「だ……だから、なんだ……」

「旗本は本来、騎馬で来るのが慣わしだがのう……」

彦右衛門は気の抜けた声で、窪田に言った。

「腰が痛いから、駕籠でもよいと許しを得ておるのだ。しかも、老中首座よりも遅れての登城で構わぬとは、儂もそろそろ用なしかのう。いてててて、年は取りとうない」

「な、何を言ってるのだ……」

「老中首座とは、上様を支える御仁の筆頭。その御仁を狙うとは、上様に弓引くも同然。五番方筆頭として、見逃すわけには参らぬ。さあ、儂にかかってこい。老体ながら、ここを死に場所と、お相手つかまつろう」

「いや、それがし……」

なぜか窪田は、それまでの威勢の良さが嘘のように大人しくなった。彦右衛門が将軍側近だということに恐れをなしたのか、それとも他意があるのかは不明だ。が、彦右衛門はすぐに相手に隙ありと見て取って、

「御老中への手紙ならば、儂が届けてやってもよいぞ」

「えっ……」

「今し方、おまえたちの遣り取りを野次馬の後ろで見ていたものでな」

彦右衛門は険しいながらも、人たらしな顔つきになって、

「それが一番、手っ取り早いと思うぞ。儂からなら、堀田様も嫌とは言えまいて」

「…………」

「如何した。なんなら上様に一度、お渡しし、上様から堀田様に渡してやろうか。尾張義恕公の文であろう。儂も義恕公のことは存じ上げておるしな。それとも、義恕公

が書いたというのは、やはり嘘なのか」

悪戯っ子を諭すような言い草に、窪田はバツが悪くなったのか、

「――いささか無礼が過ぎました。殿に免じて、どうかご勘弁下さいまし。改めて、ご相談申し上げます」

「家来が殿に免じてお許し下さいとは、それこそ無礼千万な言い草だな」

「申し訳ございませぬ」

「ならば許してやるゆえ、早々に立ち去るがよかろう。儂が通りかかったのは運が良い。おまえに此度の指示をしたのが誰かは知らぬが、もし本当に尾張公や高須藩主の義比様ならば、おまえの切腹だけでは事は収まらぬぞ」

窪田と供侍たちは怒りが収まらぬようだったが、彦右衛門の手前、この場は従うしかなかった。すぐに、窪田たちは背中を向けて逃げ去った。

彦右衛門は供侍たちを振り向いて、

「襤褸が出るところだったのだろうな。命拾いをしてホッとしているに違いない。どうせ、文も偽物。だから、儂にも託せなかった」

と苦笑した。

「しかし、あの手の輩はまた別の手で……」

懸念する供侍頭に、彦右衛門はシッカリと頷いて、

「警戒を緩めてはならぬ。しばらくは、山下御門内にある老中屋敷にて、起居されるが宜しかろう。水野様なども、そこにおったのだが……そこは代々の幕閣の幽霊が出るとかで、堀田様は忌み嫌っているようじゃがな。ふはは。人間の方が怖いぞ」

と大笑いして、駕籠には乗らずに、そのまま城門に向かうのであった。

二

その夜、柳橋の料亭に、田宮弥太郎が人目を忍ぶように訪ねていた。しばらくして、窪田が入ってくると、女将が二階座敷に案内をした。そこでは田宮が、すでに燗酒を口にしながら待っていた。

「遅いではないか。何かしくじったか」

田宮が苛ついた声で言うと、窪田は首を横に振って、

「とんでもありません」

「例のものはどうした。それがないと、殿は納得するまい」

「大切な連判状ゆえ、ここには持参しませんでしたが、思いも寄らぬ大大名が次々と

我らに賛同して下さいました」

「まことに……？」

疑り深い顔になる田宮に、窪田は上目遣いで、

「信用できないのでございますか、私を」

「松平義比様が後ろ盾であることは百も承知しておる。我が殿と兄弟ゆえ、頻繁に会うておったら何かと勘繰られる。だから私たちが代わりに会っているのに、隠し事はせぬ方がよい。でないと、義比様を疑わざるを得なくなる」

疑心暗鬼な表情で言う田宮に、また首を振りながら、

「よして下さい。田宮様が家老職を離れている折、面倒を見たのは誰だと思っているのです。うちの殿と私でございます」

「恩着せがましいのう」

「――いえ、決して、そういうつもりでは……」

明らかに田宮の方が格上であり、窪田は俯くしかなかった。尾張藩主の側近中の側近と、分家の一家臣では、当然のことだった。

「今更、言わずもがなだが、昨年、私が義恕公の側用人本役を離れた理由は、おぬしもよく分かっておろう」

「はい……」

「尾張藩古老や重職連中が、何かと私にケチをつけて追いやった……のは事実だが、これを好機と捉えて、無役故、かねてよりの画策がし易くなった」

窪田は黙って頷いて聞いている。

「義恕公が将軍の座に就き、義比様が尾張藩主に格上げになる――」

「もちろんでございます」

「その工作を細かく仕組んでおるときに、余計なことはするな」

「余計なこと……」

身に覚えがないと、窪田は言ったが、すぐに田宮は冷徹な笑みを湛えて、

「堀田正睦様に文を手渡す際に、一触即発の事態になったそうではないか。文は竹竿に付けたまま家臣の誰かに押しやって、素早く立ち去ればよかっただけのことだ」

「しかし……」

「相手が挑発してきたからといって、感情を露わにして斬りかかろうとするとは、おまえは尾張藩を潰す気かッ」

田宮が悪し様に怒鳴りつけたとき、思わず目を逸らした窪田は、隣室に人影があるのに気づいた。正座をして控えているが、息を潜めて気配を消しているのが不気味だ

った。

「――た、田宮様……そやつは……」

驚いて身構えそうになった窪田に、田宮は苦笑混じりに、

「威勢がよい割には臆病なのだな」

「誰なのです……」

「私の新たな家来じゃ。学問をよくしておるし、剣術も柳生新陰流の免許皆伝だ」

「新参者に、今のような話を聞かせて、よろしいのですか……」

訝しげに見やる窪田の目に映るのは――錦之助であった。

「この若侍は、かの大久保彦右衛門……上様の御書院番頭の用人の息子、檜垣錦之助という者だ。おぬしも面倒を見てやれ」

「お、大久保……」

狼狽するかのような表情になる窪田に、微笑を浮かべたまま田宮は言った。

「この錦之助がいたから、事前に何事もなく止めることができた」

「えっ……」

「おまえたちが堀田様に直訴しようとすることを事前に摑んで、万が一、揉めたときには大久保様が止めることができるよう、待機しておったのだ」

「まさか……」

「事実、そうなったではないか。この錦之助はなかなか人を見る目がある」

田宮は、錦之助を褒めそやすように言った。

「堀田様は優柔不断に見えるが、存外、気が短い。殊に自分の尊厳を踏みにじられそうになるのは、大嫌いだ。そうと知っていた錦之助は、窪田……おぬしの性分まで見抜いておって、かくなる配慮をしていたのだ」

「――私の性分なんぞ、どうして分かるのです。会ったこともありませぬが」

不満げに錦之助に目を移した窪田に、田宮は自分の息子でも見るように、

「いつぞや会った父親とはえらい違いだ。湯島の学問所でも優秀だったと聞いておる。しかも、尾張公や私たちと同様、異国との良き付き合いをするのが国のためと考えておる」

「それは結構なことですが……私たちのことを知りすぎていることが、どうも……」

不信感を露わにした窪田だが、錦之助は深々と頭を下げて、

「正直に申し上げます。私は大久保家の用人にはなりとうありませぬ。もっと広い世の中に出て、新しい世のため人のために身を捧げとう存じます」

「…………」

「どうぞ。宜しくご指導下さいませ」

錦之助は若者らしく素直に挨拶をしたが、窪田はやはり訝しんだまま、

「田宮様ともあろう御方が、かような素性の怪しい者を奉公させるとは……上様の御書院番頭の用人の息子ならば、私たちを探りに来たに違いありませぬ」

「探られても疚しいことなどないが？」

すぐに田宮が返した。

「おまえには何かあるのか、窪田……こそこそ動いておったのは、まこと義比様の差配なのか？　義比様も義恕公と同じ考えであるからこそ、わざわざ離職した私を呼び寄せて、おぬしを世話役として、事を慎重に進めてきたはずだが……おまえは私に内緒で、義恕公に会っていた。名だけ貸してくれと」

「それは……幕府の対応のまずさを改めさせ、異国と対等に接するため、諸国大名に声をかけるためです」

「なぜ、私に内緒にしたかと聞いている」

田宮の顔つきが急変した。

「何も知らぬと思うていたか。義恕公はおまえに会ってすぐ、私にも話した。私もすべて承知していた上でのことだと思うていたとな」

「…………」

「柳生兵庫助の手の者が、おまえのことを見張っていることは分かっておるな。二度と勝手な真似をするな」

厳しい田宮の口調に、気が短い窪田はカッと血が昇ったようで、

「俺は義比様の家臣であり、貴殿の手下ではない。物言いも大概にされよ。俺のことがさように気に入らぬのなら、今後、一緒に事を為すことなど出来ぬッ」

と声を荒らげた。だが、田宮は余裕の顔で、

「よう言うた。二度と会うことはあるまい。邪魔をするな。よいな。でないと、高須家の存亡にも関わるぞ」

突き放すように言った。

憤懣やるかたない態度になった窪田は、「御免」とだけ言って、その場から立ち去った。溜息交じりに見送った田宮は、静かな声で錦之助に囁いた。

「――奴を斬れ……」

「えっ……？」

「さすれば、おまえのことを本当に信じてやる。我らが味方だと認めて、公儀の中枢にいる大久保家と縁を切らせてやる」

「…………」

「どうした。できぬのか。どうせ幕府は滅びる。尾張家とてなくなる。そうなることを見据えて、義恕公は政をせねばならぬと考えておるのだ。新しい世にするには古株はいらぬ。ぜんぶ根っこから変えねば、新しい花は咲かぬのだ」

「義恕公は御三家筆頭でありながら、そこまで熟慮しておられましたか。僭越ながら、感服致しました」

錦之助は高揚した顔を田宮に向けると、膝元の刀を摑んでサッと立ち上がるや、すぐに窪田の後を追いかけた。

表に出ると、川沿いに続く柳の並木道を、窪田が歩いて行く背中が見える。

「お待ちください、窪田様」

身軽そうな足取りで、錦之助はすぐに追いついた。すると、窪田は振り返りざま刀を抜き払って、斬り掛かった。

「うわっ――！」

羽織の袖を斬られたが、すんでのところで躱して横っ飛びした。

「待って下さい。私は話をしたいだけです。どうか、どうか」

「嘘をつけ。田宮様なら必ず俺を殺すはず。口封じにな」

「はい。そう言われました。ですが、それではお互いのためによくありませぬ。国を思う心は同じ。話せば分かると思います」

「ふん。知ったふうなことを、若造めが！」

さらに横薙ぎに斬ろうと刀を振ったが、錦之助は間合いを取るだけで、自分は刀を抜こうとはしなかった。それでも窪田は猛然と次々、振り落としてくる。確実に仕留めようという気迫がある。

「死ねい！」

大上段に振りかぶった窪田が、錦之助の脳天めがけて斬り落とした。

瞬間、物陰から飛び出てきた黒い影が、猛然と近づいて抜刀し、窪田の刀を弾き飛ばした。刀は宙を舞って川に落ち、黒い影は刀の切っ先を窪田に突きつけ、

「まこと短気よのう。その気質では、いずれ自分に災禍が降りかかろう」

「あっ……兵庫助様……」

「もはや、つまらぬ小細工はやめろ。義比様のもとに帰り、義恕公がそう言っていると伝えるがよい」

窪田は刀が落ちた暗い川面を見ながら後退り、そのまま走って逃げた。

「――か、かたじけない……」

「おまえも無茶をする」

兵庫助は刀を鞘に収めて言うと、錦之助は目を凝らして、

「柳生兵庫助、様……！」

「田宮殿のところには戻らなくてよい。早々に立ち去れ」

「いや、しかし……」

「生兵法は大怪我のもと。大久保様も無茶をさせるものだ」

「私のことを知っていたので……」

「釣り場で放っておいたのは、大久保様の出方を探るためだ。だが、義比様と違って、義恕公の考えや行いは一点の曇りもない」

「！……」

「かような乱世において、とかく若い者は利用される。何が正義か、誰がまっとうかを見極めて、犬死にせぬよう、せいぜい気をつけておくのだな」

言い含めるように囁くと、兵庫助は背中を向けて宵闇に溶けていくのであった。

三

その夜、遅く――四谷御門外の高須藩上屋敷の中庭に、黒装束の忍び姿がふたり、ひらりと舞い降りた。ひとりは〝くの一〟のあかねで、今一人は身軽そうな若い忍びだ。

ふたりは闇の中で、数個の煙玉を取り出し、火種で点火した。シュッと白煙を吹き出すと、それを母屋や離れ、蔵などに向かって投げ込んだ。

あかねが若い忍びを見やって、「隼人ッ」と声をかけるや、

「火事だ！　火事だぞ！」

と若い忍びが大声を発した。同時、隼人と呼ばれた忍びは翻って、あかねと共に植え込みの陰に隠れた。

同時、屋内の様子が騒々しくなり、閉め切っていた雨戸を開けて、あちこちから家臣が飛び出してきた。すると、さらに煙が広がり、ボンボンと音がして炎の灯りが辺りを照らした。

「何事だ！」「水だ、早く水を持て！」「急いで消せ、消すのだ！」

などと家臣たちが慌てて消火に当たると同時に、不審な者がいないか探し始めた。

奥の寝所に家臣が駆け込むと、すでに半身を起こしていた寝間着姿の徳川義比が、濃い眉毛を寄せて苛ついた声で、

「騒々しいのう。何事じゃ」

「殿！　火事でございます！　ともあれ、早々に安全な所へ！」

と誘導しようとした。

だが、義比は慌てて動くことはなく、部屋から煙が上がっている中庭の方を見やって、廊下をうろうろしているだけだった。

「と、殿……？」

急いで奥の隠れ部屋に連れていこうとしたが、

「慌てるな。火事ではあるまい」

「えっ……」

「火の手は上がっておらぬし、臭(にお)いが妙(みょう)だ。火薬によるものに違いあるまい」

義比が鋭い目になったとき、別の家臣が急ぎ足できて控え、

「殿、火事ではありませぬ。何者かが庭に煙玉を投げ込んだものでございました」

「やはりな……」

家臣ふたりが不思議そうに顔を見合わせていると、

「おそらく義恕の手の者、柳生か伊賀(いが)か……であろう。煙玉の始末はしておけ」

「は、はいッ」

すぐさま家臣たちは立ち去ったが、義比の眉間の皺はさらに深くなって、

「ふふ。おまえたちが欲しがっていたものは、何処を探しても手を出せぬ所にある。どうせ、火事騒ぎに乗じて、儂が例の物を手にして逃げるとでも踏んでの戯れ事であろう」

と天井や床、あるいは庭に向かって、まるで誰かに聞かせるように言った。

「義恕に伝えておくがよい……おまえのような者を、公儀の裏切り者だというのだ。御三家の……いや徳川の威信を傷つけ、災いをもたらす悪霊に等しいとな」

義比の方が閻魔か不動明王のような顔つきになって、不気味な笑いを浮かべた。

そんな様子を――あかねと隼人が植え込みの陰から、じっと窺っていたが、気配を消したまま、ふたりは裏手に姿を消した。

真っ暗な夜道には、兵庫助が待っており、あかねと隼人が近づくと、地面に控えてから何やら囁いた。

「――ほう……高須藩の屋敷にあると思うておったが、何処を探しても手を出せぬところにある、とな」

「はい。窪田が集めた諸大名の連判状は、間違いなくそこにあると思われます」

「それだけでは見当が付かぬな。そもそも、連判状があるかどうかも分からぬ。かく

なる上は、窪田を痛めつけるしかないな」

「御意ッ」

あかねと隼人は翻って、また宵闇に煙のように姿を消すのだった。


翌朝、築地の尾張中屋敷に、彦右衛門が単身、訪ねてきた。必ずひとりで来いと、義恕に呼び出されてのことだった。

奥座敷からは塀を隔てて、江戸湾の輝きが広がり、その遥か向こうには上総の山を見渡すことができた。

上座に悠然と座っている義恕の前に、彦右衛門は恭しく座って、

「火急の用向きとは何でございましょうや、義恕様……」

と挨拶代わりに声をかけた。

「折り入って、おぬしに頼みがある」

「なんなりと……」

「ひとりで来て貰うたのは、誰にも洩らされたくない話だからだ。心して聞いてくれ」

「はい……」

尾張家当主に〝下手〟のように出られては、さしもの彦右衛門も頷くしかない。

「この義恕……上様のお命をお救いすべく、江戸城に参上したいのだ」

「は？　それは、どういうことでしょう」

「実は過日、ある者たちから誘われたのだ。上様を、その……亡き者にする企てに加わらぬかと……」

「なんと！」

彦右衛門は驚いて見せたが、事情はある程度察していたので、探りを入れるように見ていた。義恕は頭が切れるし、人を陥れることくらいは朝飯前であろうと勘繰っていた。事実、彦右衛門の用人の息子を自分の家老である田宮が雇い入れたことは、百も承知のことに違いない。

「それは、一体どういう……」

真意を確かめたいとばかりに、彦右衛門は前のめりになって訊いた。

「初めはただの戯れ事かと思うた。『名を貸すだけでいい』とだけ言われたのでな、笑って聞き流しておった。だが、どうやら奴らは本気で事を起こすつもりかと」

「事を起こす……」

「余の名は、賛同する諸大名に決起を促すために使われたに違いない」

　彦右衛門が意図を計りかねて見据えていると、義恕も真剣なまなざしで、

「となれば……もとより謀反心など些かもないと、彦右衛門から上様にお伝え下さるよう、こうして頼みたいのだ」

と見つめ返した。それでも本当の内心が、彦右衛門には分からない。

「上様は、義恕様が謀反を起こすなど、微塵も思うておりませぬ。わざわざ、お伝えすることはないかと存じまするが……」

「事が起こってからでは遅い」

「御書院番頭として日頃から、上様にまつわる不審な動きは、拙者も細心に気を配っておりまするが、謀反の動きなどは……」

「いつぞやも、水戸斉昭公や紀州の付家老らを騙って騒動を起こそうとしたのを、おぬしは事前に止めたではないか」

「——知っておいででしたか……」

「もっとも斉昭殿には、紀州のせいにしようという思惑があったであろうと、余は邪推しておる……ああ、邪推だがな」

　義恕は蛇のような目つきになって、真相を引き出そうとしているようだった。だが、彦右衛門は余計なことは述べず、

「尾張様には邪心などないと、思うております」

「ならば、何故に檜垣錦之助なるものを、田宮に張り付かせたのだ」

義恕が自ら知っていることを話した。何か意図があると踏んでのことであろうが、彦右衛門はその誘いには乗らなかった。

「ご高配、ありがとうございました」

「む……？」

「兵庫助様が助けてくれたそうです。そして、自ら火中の栗を拾う真似事はしない方がよいと諭してくれたと……いえ、そうではなく、牽制したのかもしれませぬが」

彦右衛門は物静かだが、心のうちを曝け出すように、

「錦之助に身の丈に合わぬことを命じたのは、拙者の落ち度でございます。義恕様の寛容なるお心遣いに感謝致します」

と頭を下げた。

「世辞はよい……徒党の中心にあるのは、我が弟、義比に違いあるまい」

「義比様……」

「おぬしとて承知していることであろう。田宮が探り出してきた。義比配下の窪田とのことも承知しておろう」

義恕は彦右衛門が全てを知っていることを分かっている上で、話している。むろん、彦右衛門もその思惑を勘づいていて、お互いが腹の探り合いとなっていた。

「――敢えてお尋ね申し上げます、義恕様。あなた様は将軍になりたいのですか」

「なりとうない」

アッサリと義恕が答えると、彦右衛門は険しい顔のまま、

「安堵致しました。義恕様が将軍になられては、私は御書院番頭として、大変辛い立場になりますので」

「仮に余がなったとて、おぬしを罷免するようなことはない」

「さようなことは気にしておりませぬ。私が聡明な義恕様に期待しておりますのは、ひとえに内乱を起こさぬよう止めて頂くことです。そのためならば、不肖、この老いぼれも命を賭して力添えしたく存じます」

彦右衛門の訴えに、義恕は頷きはしたものの、やはり探るような目で、

「老中の堀田も阿部もいささか頼りない。阿部は元より及び腰だし、堀田も騒動の折に窪田の訴えすら退けた」

「あれは義恕様の命令かと思うておりましたが？」

「断じて違う。窪田が余の名を使うて、完全なる開国を迫るための訴えだったのだ」

「しかし、窪田殿の主君の義比様は、水戸様と同じく……」

「さよう、攘夷派だ。今のところはな」

「今のところは……」

「諸藩は何処も情勢によって姿勢を変えるものだ。かようなときは幕府が方針をハッキリと決めなくてはならぬ。にも拘わらず、幕閣は誰もが腕組みをして唸ってばかりだ」

「…………」

「そして、ハリスから会談の要望があっても断り続けてばかり。だからこそ、窪田が老中首座に会うよう迫るつもりだったのだろう……だが……実はこれも罠だった節がある」

　義恕の意味深長な言い草に、彦右衛門もまた訝しげに見据えた。

「罠……」

「さよう。余を……尾張を陥れる罠と言ってもよかろう」

「どういう意味でございまするか」

「残念ながら、政というものは信念をもって施策を実行する者が勝つのではなく、敵失によって優位に立つことが多い。攘夷派の連中は、余の失敗を喜び、開国派を封じることによって、上様を担ぎ上げて攘夷に徹する」

確信に満ちた顔になって、義恕は続けた。

「その後押しをする藩主らの連判状なるものは、攘夷派の大名の名が連なっているはず。それを義比が何処かに隠しておる。それさえ見つければ、公儀を蔑ろにする証拠になるのだが……小心者の義比ひとりがやったこととは思えぬ」

「もしや……」

「おぬしも察していると思うが、やはり裏には水戸家や一橋家がいるに違いない」

大変な事態になってきたと彦右衛門が深い溜息をつくと、

「先んじて、余は提案がある」

と義恕は聡明そうな顔立ちを向けた。

「実は、上様との面談が適わなければ、代わりに余と会うて話したいと、ハリスから打診がきておる」

「えっ……」

「これこそ田宮が裏で動いたことだ。幕府として会談ができないとしても、ハリスの方も徳川家と話すことを望んでおるようなのだ」

「つまり、御三家筆頭として会うと……」

「さよう。しかし、相手はメリケン総領事だ。非公式とはいえ、幕府からも会談を認める立場でないと意味がなかろう。だから、上様の許しを得て貰いたいのだ」

「しかし、私はただの……」

「天下のご意見番が遠慮はいるまい。余は幕府とメリケンの橋渡しをしたいだけだ」

「橋渡し……」

「余が上様への忠誠心があることを、分かって頂きたく存ずる」

意外にも義恕は彦右衛門に対して頭を下げた。彦右衛門は後ろに引き下がり、

「おやめ下さいませ。さようなことをされれば、私は不忠義者と……」

「ふむ。心にもないことを言うでない」

義恕は苦笑してから、

「後ひとつ……先程の連判状の話だが、兵庫助の話では、義比は見つかるわけがないと、よほどの余裕があったそうな。ということは……隠せる場所は、江戸城中」

「えっ……」

「しかも、大奥が怪しい」

「まさか、さようなことは……」

彦右衛門は一笑に付したかったが、義恕は真剣な顔に戻って、

「斉昭殿が関わっているとなれば……あの見目麗しい御上臈しか思いつかぬが」

と言った。

ハタと彦右衛門にも思いつくことがあったが、すぐに首を振って、

「いやいや、そんなまさか……唐橋様ならば水戸国元に下った後、今は駒込の中屋敷におられるはず……」

唐橋とは、公卿・高松家の長女で、徳川家斉の娘である峰姫付きになった奥女中だ。後に峰姫が、徳川斉脩に嫁いでからも、小石川の水戸藩邸に付き従った。

斉脩が亡くなり、斉昭が藩主になってからも、峰姫は水戸藩邸に居住している。その峰姫も、異母兄である家慶が死去して、わずか四日後に亡くなっている。

つまり、唐橋は、斉昭から見れば、兄嫁付きの女中である。

その女中だった唐橋が、今も水戸の中屋敷にいる。斉昭の手厚い配慮だとのことだが、実は斉昭の〝お手つき〟であることは、公然の秘密だった。

「むろんだ。しかし、大奥との繋がりは深く、何より、斉昭殿を継いだ慶篤には、先代将軍・家慶公の養女、線姫が嫁いでおるな。残念ながら、家慶公は亡くなったが、ひとり姫をもうけておるし、かくも将軍家と深い繋がりをつけておくのは斉昭殿らしい」

「…………」

「その辺りから探るのは、彦右衛門殿……おぬしの得意技ではないのかな」

ハリスとの会談が叶い、義比が集めたという連判状を見つけ出せることができれば、斉昭の動乱を止めることができると、義恕は断言した。

むろん、彦右衛門としてはすべて信じているわけではない。義恕が何を考えているか、用心深く見据えるしかなかった。

「率爾ながら、義恕様は異国の神を信じまするか？」

「なんと……」

「うちの娘がキリシタンかどうか分かりませぬが、何やら十字架を持ち歩いて、どうにもならぬのです」

「――滅多なことを言わぬ方がよいぞ。長崎には隠れキリシタンがおるそうだが、まだ幕府は認めておらぬ」

「しかし、いずれ異国の人びとが来るとなれば、如何したものかと……」

「…………」

「もし、ハリスと話すことができれば、その辺りのこともご検討下さいませ」

平然と言う彦右衛門を、義恕は不思議そうに、むしろ気味悪げに見ていた。

四

「それは本気で言っているのですか、彦右衛門殿……」

大奥御年寄(おとしより)の瀧山(たきやま)は目を丸くして、目の前に控える彦右衛門に訊き返した。中奥の御小座敷蔦之間の控え室にて、面談をした彦右衛門は切迫(せっぱく)した様子で、

「上様の御身の上、そして幕府の存亡に関わることにございますれば」

「そうは申されても……本気なのですか」

「もちろんでござる。冗談でかようなことを頼むことなどできませぬ。その代わり、先程話した、義恕公とハリスのことは、私が上様から一筆したためて頂きますゆえ」

「——そうですか……」

瀧山は気乗りしない様子だった。どんより曇った表情には、五十過ぎの女の色香がまだ漂(ただよ)っている。

「上様といえども、諸侯の部屋には入ってはならぬことは、家光公の治世からの決まりですし、綱吉公の頃には老中の部屋に勝手に入って、将軍が頭を下げる事態もあったとか……」

「それなら大丈夫です。表と中奥は、この私がやりますので。瀧山様は、とめが何かしくじったときにご配慮下さるだけで」

「えっ。とめ……って、娘さんに、そんな危ない真似をさせる気ですか。まだ大奥のイロハも充分には……しかも、大奥二万坪の中を勝手にうろつくことなどできませぬ」

「それは百も承知です。万が一のときには、私が腹を切る」

　彦右衛門が力を込めた瞬間、ウッと腰を押さえた。

「あたたた……たまらんなあ、もう……」

「腹を切ったら、もっと痛いですよ。腰は万病の元、キチンとお直し下さい」

「風邪は万病の元でござろう」

「いえ。腰のずれは背骨を痛めて臓腑を傷つけ、さらに首を痛めて脳髄もやられます。御殿医はみな、そうおっしゃっています」

「……と、とにかく……連判状は江戸城内の何処かにある。殊に大奥は怪しい」

「そうでしょうか……」

「ええ。大きな声では言えぬが、斉昭様とかつて大奥御上臈だった唐橋様は、今でも深い仲であることは、瀧山様もよくご存じのはず。兄嫁の奥女中に手を出したのだから、峰姫も大層、お怒りだった」

「………」

「家慶公が亡くなってすぐ峰姫様が亡くなったのも、何やら焦臭いと思いましたがな、これも斉昭殿が自分の息子、慶喜を将軍に据えるための一里塚と考えれば、腑に落ちる幕閣や大名もおられよう」

「大久保殿……さようなこと殿中で……それこそ切腹ものですぞ」

気配りする瀧山の言い方だったが、彦右衛門は臆することなく、ふたりの関係を堂々と語り続けた。

「唐橋様は、時の尾張様や水戸様も羨むほどの絶世の美女……瀧山様には負けますがな……斉昭様が首ったけになって、一時は国元に隠すように置いてまで、鷹狩りだの何だのと理由をつけて足繁く帰国したほどでした。さもありなん。家斉公が側室にしたいほどの美貌でしたからな、瀧山様には負けますが」

「しつこいですね……だから、なんです」

少し不機嫌な顔になった瀧山に、彦右衛門は訳知り顔で見つめ、

「これもご存じのとおり、唐橋様は斉昭様のお子を産みました。他家にやられたという噂もありましたが、駒込の中屋敷で育てられ、もうひとり男の子も……」

「………」

「娘の方は、御中臈の志賀様であらせられること、百も承知ですよね」

彦右衛門が話すのを、瀧山は驚いた目で見ていたが、

「知りません……」

と答えた。瀧山らしからぬ弱々しい声だが、彦右衛門は取り立てて嫌みは言わず、

「旗本の堀利邦の娘として奥に入れたが……先祖は織田信長や豊臣秀吉のもとで、家康公と供に苦楽をともにした堀秀政ですから、将軍家としても文句はありますまい……なにより、上様が篤姫を嫁に貰っても尚、唯一、寵愛している側室でございますよね」

「それは……」

「ここにも斉昭様の細心な計らいがあったわけです」

瀧山は彦右衛門が言いたいことを察して、

「志賀がその連判状を隠している……とでも言いたいのですか」

「斉昭様にとっては最も信頼している実の娘ですからな……義比様と結託しているとすれば、ここが怪しい。誰からも奪われぬ所と確信するに足りまする」

「──まったく、無茶を言いますね」

睨みつけながらも、瀧山は仕方がないという目で彦右衛門に頷いた。

その夜――。

とめが瀧山に呼び出されて、明日からしばらく、御中臈の志賀の元で修業をするようにと命じられた。

「志賀に話はつけております。最も上様に信頼されている奥女中といっても過言ではありません。失礼のないように」

大奥の職制は、表の役人同様、大きくて堅牢な組織であり、揺るぎない〝法令〟と〝しきたり〟によって管理されている。人事に関しても、将軍や老中らの意向はあるものの、決定は上臈御年寄や御年寄に一任される。

上臈御年寄は公家出身で、将軍や御台所の茶事や作法など有職故実に関わる相談役で、お飾りに過ぎない。大奥三千人と言われる奥女中の実質の最高権力者は、瀧山のような御年寄である。

その下に、御三家や御三卿、諸大名の女使の接待役として御客応答、御年寄の代理役の中年寄、将軍や御台所の身の回りの世話をする御中臈、さらにその下に大奥と中奥を繋ぐ御錠役、小間使いの御小姓、買い物係の表使、手紙や日記を担う御右筆、衣装の裁縫をする呉服之間などがある。

さらに御目見得以下の御仲居や御火之番などが日々の暮らしの雑務を下支えしていたが、決して将軍の目に触れることはなかった。そして、〝五菜〟という下働きがいた。これは男なので、女の園である大奥には入れないが、御年寄や御中臈の供や、換金や買い物、あるいは部屋方の斡旋などのために、町場に出向く勤めをしていた。

外との連絡は大抵がこの〝五菜〟か、七つ口の御切手書が関わっていた。七つ口とは、大奥で唯一、外界との通用門で、御切手書は、通行手形を確かめる役目がある。

御中臈は将軍の側にいるので、当然、〝お手付き〟になり易く、その部屋方をさりげなく見せて夜伽をさせることもある。自分の配下から、世継ぎを出せる器量がある者が、いわば大奥で出世ができた。

もっとも、志賀は母親の唐橋に似て美しいが、どこか寂しげで微笑みも儚げだった。正室に貰ったばかりの篤姫の方が華やかで、気品があり、しかも気も強い雰囲気だったので、家定は早くも側室に落ち着き場所を見つけたのかもしれぬ。

「のう、とめ……お父上はそなたを、上様の側室にでもしたいのかのう」

瀧山は冗談半分で言ったが、とめは生得的にキョトンとした愛嬌があり、いつも笑っているような顔だちで、

「大丈夫です。父からも聞いております」

「え……？」

「大奥の何処かに隠されているであろう、連判状とやらを見つければいいんですよね」

「そんな話をいつ……だって、あなたはずっと……」

「はい。でも、瀧山様が雇っている〝五菜〟の信吉は、うちの中間です。ご存知なかったのですか」

「知りませんでした」

呆れ顔で言い返す瀧山だが、〝五菜〟を連絡係に使うのは当たり前で、中には大名の間者のような働きをしている者もいる。瀧山は百も承知だが、いよいよ彦右衛門が何やら危うげなことに関わっていることを、肌身をもって感じた。

「とにかく無理はしなくていいですからね。志賀に変に疑われると余計にややこしくなる。なにしろ水戸様や唐橋様に通じているとなれば……」

「ご安心下さい。私はこれでも忍びの術を会得しておりますので」

「嘘……」

「はい、冗談ですよ」

屈託のない笑みを浮かべて、とめは膝を整えた。武家娘として剣術や柔術、長刀などはひととおり学んでおり、動きも素早い方だと自慢した。奥女中の中には事実、〝くの一〟が紛れ込んでいることもある。万が一のことを想定して、常に将軍を護るためである。

「これでも、兄弟姉妹の中で足は一番速いですし、隠れん坊も得意でした。特に鬼になるのが好きで、とにかく探し出すのが上手なんです。うふふ、母上に似たのかも」

「お母上に……」

「ええ。ですから、うちの中でも私は、大体が探し物係でした。特に父上は昔から、よく自分のものを何処かに置き忘れるし、睦美お姉様も意外と忘れっぽくて、一日中、何か探してますよ、うふふ」

「でも、無茶はしなくていいですからね。そもそも城中に隠されているかどうかは分かりませんし、彦右衛門殿の思い込みかもしれませんからねえ」

「いいえ。父上はああ見えて、確信を得たときしか動かないのです。勝機ありです」

とめは遊びでも始めるかのように、楽しそうだった。瀧山は心の底から、大久保家には変な人が多いなと思ったが何も言わず、とめを温かく見守るだけだった。

五

江戸城に天守閣はないが、月の明かりに天守台が照らされている。静まり返った堀には、微(かす)かに船を漕(こ)ぐ音が聞こえてくる。

現れた小舟には、兵庫助配下のあかねと隼人が乗っていた。いずれも黒装束で緊迫した顔である。

「あかね……一体、何処から攻め入るつもりだ」

「兵庫助様が裏に手を廻しているから、私たちはアレを横取りすればいいだけです」

低く話すふたりの前方には、石垣が迫ってきた。そこに大きな排出口がある。意外と知られていないが、ここは大奥からの排水溝になっており、逆に登っていくことができる。夜中には排水は流れていないので、熟達した忍びならば侵入することが可能だ。

小舟を石垣の側に着けた隼人は、排水溝の中に入ると、先端が鉤(かぎ)になっている縄を投げた。スルスルと伸びた鉤縄が何処かに引っかかると、それを引いて外(はず)れないよう確認し、

「俺が先に行く。何かあったら、縄を引いて合図してくれ」

あかねは無言で頷くと、聳え立つ石垣とその上にある月光と天守台を見上げていた。

翌朝――。

淡い紫の小袖に、紅葉をあしらった紋様の打掛を羽織った掻取姿の志賀の前で、とめは深々と頭を下げていた。その目がエッとなったので、志賀の方から、

「如何した」

「髪型がおたまがえしなので、それは御台所様が御懐妊したときにするものでは……？」

「詳しいのう。さすがは瀧山様の部屋方じゃ」

「余計なことを申し訳ございません」

「謝ることはない。わらわの方が先に大奥に入っているのに、上様は篤姫様を御正室として迎えたので、嫌がらせじゃ」

「えっ……」

大人しそうな顔だちなのに、言うことが結構、乱暴な人だと、とめは感じた。だが、すぐに志賀は微笑み返して、

「冗談じゃ。瀧山様から冗談が好きな娘だと聞いていたから、からこうただけじゃ」

「そうでしたか。でも、その髪は鼈甲の花簪とも相まって、志賀様にお似合いでございます。いっそのこと、ご懐妊なさって下さい」

「とめもキチンとした片はずしを結える奥女中になるがよい」

「ありがとうございます。その前に……」

「なんじゃ」

「僭越ながら、お名を頂戴できないでしょうか。とめという名が嫌なのです。瀧山様は父上のことをよく知っているので、よい名だと源氏名も頂けません」

「源氏名とな……あはは。まるで遊女のようだが、まあ鳥籠暮らしは似たようなもの。好きなのを名乗るがよい」

「折角ですので、お仕えする志賀様に頂戴しとう存じます。私の姉たちはみな生まれ月にちなんだものなのですが、長女の睦美と重なりまして。それだけは嫌なのです」

「なぜじゃ」

「あんなきつい女にはなりとうありません」

「うふふ。面白い娘じゃ。ならば、そうじゃのう……うちの部屋方は花にちなんだ名前が多い。おまえはハッキリと物申すし、凛としているから、〝立てば芍薬、座れば牡丹、歩く姿は百合の花〟……というから、百合でどうじゃ」

「百合……」

「白くて綺麗で、いずれお百合の方と呼ばれるようになるかもしれませぬぞよ」

たわいもない雑談からだが、とめはとても気に入った。もっとも、とめ以外なら、寅でも熊でもよかったのだが、有り難く頂戴して、奥から下がることがあっても、「百合」にしようと心に決めた。

大奥は年柄年中、何らかの行事や祭事があり、身も心も安まる日はない。それに加えて、将軍と御台所の身の回りの世話をする日々ゆえ、その役割も仕事の内容も多岐にわたっている。

しかし、まもなく師走を迎える時節にあっては、今年の行事はほとんど終わり、針供養も済んだ。針供養とは、各部屋方たちが食材を持ち寄って歓談する行事だ。煤払いや畳替え、正月の注連飾りの支度などをして、除夜を待つだけである。

今日は畳替えの日である。大奥では年二度、夏と年末に畳替えをする。御畳蔵に保管していた畳を運び込んで取り替える。

作業をするのは特別に許された御家人であり、畳職人百人程を大奥に入れて、一斉に作業をする。その間は奥女中は姿を隠す慣わしになっている。一日のことだが、決して、その場にいることはない。ちなみに、梁や柱、屋根などの修理は黒鍬衆が担う。

その際も、奥女中は隠れていなければならない。男と共に働くことは決してなかった。

この間隙を縫うように、とめ改め百合は、部屋方として、身の回りの世話だけではなく、公務を担う奥女中同様に、志賀とともに長局の中を巡っていた。

大奥には、御殿向という将軍や御台所の住まいと御広敷という男役人が常駐する警備部屋があるが、長局は大奥女中の居室だった。天守台の近くに一の側から四の側まで二階長屋が四棟並んでいる。大奥は居室だけで六千坪あった。その真ん中に長い廊下があって、棟と棟を往来できる。

御中臈ともなるとひとり四十坪の部屋があてがわれる。床の間、押し入れのある上の間、次の間、相の間、多聞があり、その隣は囲炉裏のある台所、さらに縁台を挟んで湯殿や雪隠がある。

志賀も同様だが、この室内に余計なものはない。連判状が隠されているとすれば、押し入れしかないであろう。だが、百合ひとりが次の間にいることはなく、隠し場所を探すわけにはいかなかった。

畳替えの後は節分前の鬼払いの儀式があるが、その直前に側室が将軍に呼ばれることが多かった。

その日は、御台所と同じように、夕刻に御鈴の廊下役人を経て報せがあり、志賀は指示された御寝所に向かった。側室であっても、危害を加えるような物を持っていないか厳しい身体検査がある。

寝所は襖で上段と下段に分けられており、上段に将軍と側室が寝る。その際、下段には御年寄らがおり、さらに上段の間には、屏風を挟んで御添寝役の奥女中ふたりが、寝床の両側に付いている。御添寝役は、翌日、御年寄らに事の様子を話さなければならない。政治的な策謀などを防ぐためである。

「留守を頼んだぞ、百合……」

志賀は毅然と命じたものの、上様と添い寝することを喜んでいるように、女らしい微笑みを浮かべた。

懐妊して男の子を産めば、側室とはいえ〝お部屋様〟として最優遇される。もし女の子でも、〝お腹様〟として権威を持つことができる。冗談半分ではあるが、篤姫に敵愾心を抱いている志賀は懐妊を望んでいるに違いない。

百合はそんなことを思い浮かべながら、丁寧に見送った。その後、諸事をこなし終え、夜の四つの就寝の刻限の後、百合は他の部屋方に見つからぬよう、こっそりと上の間に入った。

押し入れがあって、そこには布団なども置かれているが、下段には大切な書類などを保存しておく手文庫などもあった。縁台の仕切りである欄間から入る微かな月明かりを頼りに、ほとんど闇の中を手探りで探していると、薄い漆箱に触れた。

辺りを見廻してから、そっと開けて見ると、そこには、幾重にも折られた紙がある。

「もしや……！」

音を立てないようにして開いてみると、そこには、水戸斉昭を筆頭に、加賀藩や伊達藩、薩摩藩などの大藩の藩主の名前をはじめ、主に西国の数十の藩名が並んでいた。

「あっ……」

声が漏れそうになった百合だが、しばらく戸惑った末、文を漆箱に入れて押し入れの中に戻し、静かに襖を閉めた。

胸が激しく高鳴っていた。百合は慎重に自分たちの部屋に戻ろうとした。

その時——ガタンと小さな物音がした。

ドキッと立ち止まって様子を窺っていると、縁台を忍び足で近づいてくる人影があった。百合はチラッと見たが、部屋の片隅にしゃがみ込んで丸くなった。月の光は射していない。まったくの闇である。幼い頃に、隠れん坊をしているように、息を潜めて微動だにしなかった。

音もなく襖が開いて、人影がふたつ入ってきた。まだ距離はあるものの、手を伸ばせば触れるような所にいるような気がした。

明らかに押し入れの方に近づいてくる。

――このままでは見つかる。

と思った百合は、とっさの判断で、

「曲者！　曲者じゃ！」

と大声を上げて立ち上がると、顔先にスッと白刃が伸びてきた。それでも怯まず、
百合は決死の覚悟で、

「出会え、出会え！　曲者じゃ！　畏れ多くも上様のご側室、御中臈の志賀様の寝所に賊が入ってきたぞ！　出会え！」

と叫んだ。

すると、控えの間や廊下から、白い寝間着姿ではあるが、長刀を抱えた部屋方ら奥女中が数人、駆けつけてきた。

すると、黒い影ふたつは、すぐさま縁台に飛び出して一方へ駆け出そうとした。

百合はとっさに後ろの黒い影に飛びついた。振り払おうとする相手の背中に、グサリと簪を突き立てた。返り血が顔にかかるのが分かったが、声を上げることもなく逃げた。

猫のように素早い動きだったが、それを見た奥女中らは「待ちやれ！　曲者じゃ！　出会え出会え！」と大声を張り上げた。

　他の御年寄や御中臈の部屋からも奥女中が飛び出してきて、通路や廊下に溢れたが、賊の黒い影ふたつは、長局から飛び出すと天守台の方に向かい、一瞬のうちに堀に向かって飛び込んだ――あかねと隼人だが、それは誰も知る由がない。

「探せ！　曲者だ！　大奥に曲者が忍び込んだぞ！」

　天守台の万人たちも松明を掲げて来て、大騒動となった。

　その翌朝――。

　険しい顔の志賀の前に、百合は平伏していた。

「選りに選って、わらわが上様の寝所にいる時に賊とはのう……お陰で、何もせずに返されてしもうた」

「申し訳ございません」

「おまえが謝ることではない。それどころか礼を言わねばのう」

「え……？」

「賊をいち早く見つけたのは百合だそうではないか。さすがは瀧山様がお気に入りのことだけはある。父上は大久保彦右衛門殿……上様も日頃から、最も信頼できる旗本だと言うておるし、わらわの養父も世話になっていたそうじゃ」

「………」

「賊の狙いはおそらく、これであろう」

傍らに置いてあった漆箱から、文を取り出して見せた。昨夜、百合自身が手にしたばかりの連判状である。

気まずそうに俯いた百合だが、志賀は淡々と続けた。

「百合は相手を咄嗟に簪で刺したそうじゃのう。それを証拠として、いずれ見つけ出さねばなるまい。じゃが……」

「………」

「かようなもので何をするつもりかのう」

志賀が曰くありげに言うと、顔を上げて、真剣なまなざしで言った。

「申し訳ございません。私が悪うございます」

「………」

「私が、志賀様の部屋方になったのは、父上からの頼みで、今、百合様が手にしている連判状を盗み出すためです」

まるで罪人が白状するかのように、百合が謝ると、志賀は驚きもせず、

「だが、盗んでおらぬ。ここにあるではないか」

「いえ。盗もうとしたのです。そのとき……」

「もうよい。みなまで言うな」

すべて見通しているように志賀は遮って、

「これは養父から頼まれて〝五菜〟を通して預かったものだが、どうせそういう類いのものだと思うていた」

「そういう類い……？」

「大概の事件がそうじゃ。何か事を起こして、その後、真相を明らかにするとき、誰がやったかを、このようにして残しておく」

「——志賀様は、私の狙いを承知で……」

「瀧山様と彦右衛門殿とくれば、何かあると思いますよ。そして、昨夜は上様から寝物語に色々と聞きました。ですから、いずれ水戸斉昭様に突き返すか、破り捨てるつもりでいた」

「！……」

「昨夜の賊は、どうせ尾張様が使わした者……あなたを私に近づかせて見つけさせ、それを横取りするつもりだったのかもしれませんね。私の想像ですが……」

何もかも承知の上で、志賀は百合のことは一切咎めようとしなかった。それどころか、連判状を百合に渡すという。

「えっ、何故に……そこには志賀様の実のお父上、水戸斉昭公のお名前もございます」

「実の父上などと思ったことはありません」

驚いて見ている百合に、志賀は憂いを帯びた表情で言った。

「母上の唐橋の娘ではありますが、生まれてすぐ堀家に養子に出されました。ですから私には堀家の思い出しかありません。けれど、実の父親の勝手な差し金で、家定様付きの奥女中に上がらせられました」

「…………」

「でも、私は家定様の側にお仕えして、幸せです。将軍としての才覚や器量は私には理解できません。ですが、優しくて思いやりがあって、嘘を語らず、ご自身の体が弱いのに懸命に今の世の中のことを憂えてます」

志賀の顔には感情が込み上がってきて、

「ですから、百合……あなたに託します。もし、この連判状が何かに役立つのならば、これで上様をお救いできるのなら、彦右衛門様にもそうお伝えして……」

と逆に訴えられた。

百合は、同じ武士の娘に生まれた志賀の胸中を察した。そして、自分たちの存在もまた世の中に何かしら関わって、少しでも変えていけると感じるのだった。

泣き顔の向こうに、志賀の微笑みが見えたような気がする百合だった。

六

連判状を開く彦右衛門の手が、大袈裟なくらい震えていた。その前では、龍太郎と千鶴も事情を知って、不安が込み上げていた。

「――水戸の斉昭様をはじめ、仙台、加賀金沢、越前福井、薩摩、会津、前橋、小田原、信濃松代、彦根、大和郡山、播磨姫路、鳥取、備前岡山、備後福山、阿波徳島、伊予姫路、筑前福岡、肥前佐賀……十万石を超える錚々たる顔ぶれの大名の名が並んでおる」

彦右衛門はその一筆一筆を確かめるように、

「これが本物かどうか今は分からぬが、それぞれ筆跡は違うし、見覚えのある花押も並んでおる……そして最後に、決行に賛同下さり謝意を申し上げるという文言とともにに、松平義比様が血判を押している」

と嗄れ声で言った。

「まさに義比様が諸大名に呼びかけた〝血判状〟の類いじゃ。この決行が何を意味するかは不明だが、恐らく、夷狄を排除するための軍事の呼びかけであろうがな」

「夷狄とはまた古い言葉を……」

龍太郎は窘めるように、

「それにしても父上、まさかこれほどまでに、大がかりなものとは……！」

「その全てが立てば、徳川家はひとたまりもあるまい」

「しかし、まことのものでしょうか」

「分かっておる。しかし、事の真偽を確かめるために在府の藩主に尋ね歩いたとしても、『そうだ』と認める人はおるまいて」

「でしょうな。かようなものは、決行の後に、しかも成功して後に表沙汰にできるもの」

「とはいえ、上様の身を護る立場として、指を銜えて待つことは出来ぬ。一体、誰が何を、どのように実行しようとしているのか、これではサッパリ分からぬ」

「ですね……」

「事が起きれば、実行者を捕らえて、真相を暴くことができるのだが」

「さような悠長なことはできますまい。かといって、この連判状を公にして、記されている大名たちを江戸城に一度に登城させ、上様の前で審議することもできないでしょう」

龍太郎はまるで咎人を穿鑿するかのように言ったが、それは到底、無理だった。諸大名の支えがあってこその幕府である。ましてや将軍の人望が薄い家定では、それこそ動乱を引き起こすキッカケになるだけだ。彦右衛門はそうなるのを畏れている。

「では、どうしろと……」

「この大名たち全てが、幕府に反旗を翻すとは思えぬ。繰り返すが、果たして連判状は本物なのか、何か詐術が秘められているのではないのか……が気になる」

「たしかに……」

「龍太郎。火は小さいうちに消せというが、もはや小火どころか、見えない床下には天水桶や竜吐水では鎮められぬほどの炎が広がっているやもしれぬ。それが大きく燃え上がる前に、なんとか手を打て」

「はい。まずは私なりに、この連判状の真偽を確かめて、決行が何を意味するかを調べてみようかと存じます」

「うむ。頼りにしておるぞ、ご先祖の大久保彦左衛門には、儂よりおまえの方が似ているそうなのでな。誰も見たことはないはずだが、はは」

「無駄話をしているときではありますまい」

険しい表情になって、龍太郎は部屋から立ち去った。すると、千鶴が不満げな顔で、彦右衛門に近づいてきて、

「ご公儀のためとはいえ、息子や娘を危ない目に遭わせるのは、父親として如何かと存じます。龍太郎やとめに何かあったら、どうするつもりですか」

いつもは豪女の雰囲気丸出しだが、母親の様子に変わっている。十二人も子供を産んだが、そのどのひとりも等しく可愛いのは当たり前であろう。しかし、人間には運不運も含めた宿命があるものだ。長男として生まれてきた者は、御家のために率先して動かねばならず、末っ子は捨て駒の覚悟を持つことが、武家としての宿命だ。

彦右衛門は日頃から、そのように子供らにも伝えていた。千鶴も重々、承知しているはずだが、やはり女の弱さがあるのかと、彦右衛門は察した。

「そうではありませぬ。武家が主君のために命を懸けるのは当たり前です。ですが、今のあなたは違います」

千鶴はハッキリと断じた。彦右衛門はキョトンとなって、

「何がどう違うのだ」

「尾張徳川家当主の義恕公の家臣のように動き廻っているのが不思議なのです」

「水戸家や一橋家と深い繋がりがあるおまえだから、そう感じるのだ」

「さような狭い考えは持ち合わせておりません。あなた様は徳川本家の将軍を護るお立場でございます」

「言われなくても……」

「いいえ、言わせて頂きます。私も斉昭様のように問答無用に攘夷というのは、如何かと存じます。かといって、上様との相談もなく勝手に、躊躇いもなく容易に異国の使者と会談をするのは、これ越権行為だと思いますが、如何ッ」

千鶴の剣幕に、タジタジとなった彦右衛門は宥めすかすように、

「落ち着け、千鶴。上様第一は儂の信念じゃ。それゆえ、筋道を立てて、義恕公と異国の使節を会わせるために、上様からお許しの一筆を頂いておる。それゆえ……」

「それが画策ではありませぬか。そもそも、護衛が役目のあなたが、国政に関わること自体が間違いです」

揺るぎなく断じる千鶴を見て、一瞬、彦右衛門は黙ったが、

「それが将軍家の係累であるおまえの意見か……さすが儂の嫁。なかなかの見識じゃ。

されど、儂にも考えがあってやっておる。女のおまえが口出しを！」

と強い口調で言った。すぐに「シマッタ……」と彦右衛門は脳裏の片隅で思ったが、吐いた言葉と唾は呑めぬ。

「さようでございますか……では、余計なことを申して相済みませなんだ」

「いや、だから……」

「二度と口出しは致しませぬ。これまでも余計なことばかりして申し訳ありませんでした。深くお詫び申し上げます」

千鶴は深々と頭を下げると、羽織の裾を風を立てるほど廻しながら立ち去った。

「──おいおい……国難が迫ってきておるのだ。家内にまで波風を立てないでくれぬか」

ポツリと呟いただけだが、立ち去ったはずの千鶴が障子の外に立っていて、

「ご心配なく。波風を立てているのは、いつもあなたでございますので」

と言い捨てて廊下を立ち去っていった。

彦右衛門は深い溜息と同時に、ブルッと背中が震えるのであった。

ペリー来航後、危機感から幕府は洋学所を設立したが、それが『蕃書調所』とい

う名称に変わったのは、安政三年のことだった。正式に門戸が開かれるのは翌年のことだが、ここにおいて、ハリスとの会談が予定されていた。

古賀謹一郎を頭取として、杉田成卿、箕作阮甫、川本幸民、寺島宗則ら著名な蘭学者や医者らが集まり、幕府の師弟を教育した。この公設学問所は、翌年には九段の新校舎に移る予定だが、今は神田小川町にあり、駿河台の大久保家からは近かった。

頭取の古賀は昌平坂学問所で生まれたが、彦右衛門は彼の父親とも昵懇で、謹一郎のことは幼い頃から知っている。二十歳の頃に大番役に推挙したのは彦右衛門である。その後、父親を継いで昌平坂学問所の儒者になるまで、御書院番として、彦右衛門のもとで働いており、江戸城内では毎日のように顔を合わせていた。

儒者でありながら若い頃から、洋学や外国語に励み、露国のプチャーチンが来航した折には、応接掛となって目付とともに交渉に当たったほどである。

ハリスの将軍謁見に関しても、積極的な意見を上申していたが、どうしても幕閣連中は諸般の事情ということで引き延ばしてばかりであった。

その間も、古賀は教授職を務める杉田成卿とともに、なんとか江戸城での謁見を実現しようと奔走し、ハリスが逗留している下田の玉泉寺にも出向いていた。杉田はかの杉田玄白の孫であり、ペリー来航のときには、米国大統領の国書を翻訳している。

かように地道ながら、世界との接点を模索している時勢にも拘わらず、洋学通である堀田正睦ですら二の足を踏んでいることに、古賀たちは苛立ちすら覚えていた。

蕃書調所に訪ねてきた彦右衛門に、古賀は懐かしみながらも、

「——では、いよいよ尾張様が腰を上げなさるのですか」

と真剣なまなざしを向けた。

古賀は四十の男盛りであり、杉田も同じ年頃で医者としても脂が乗っていた。橋本左内の一件で、彦右衛門とも関わりが深い御殿医・坪井信道の弟子である。左内は杉田の門人でもあった。

「義恕公が自ら、ハリスと会って、通商条約の中身などを話し合いたいとのことだ」

彦右衛門が説明をすると、古賀は頷いて、

「つまり、上様と会う前の地均しということでございますね」

「さよう。ハリスは体調が優れぬと聞いておる。ゆえに、お吉という女に看護させたらしいが、妾にしたとの噂もある。むろん、なかなか上様との会談が実現せぬため、苛立っているハリスを籠絡させるための、公儀の差し金であろう」

「はい。私も噂は耳にしております。しかし、大久保様……尾張公と会うこととなれば、水戸公など攘夷派は黙っていないのではありませぬか」

心配そうに言う古賀に、彦右衛門はわずかに表情を綻ばせて、

「義恕公はそれこそが面談の狙いだ……とおっしゃっている」

「――まさか、あえて攘夷派に狙わせて、返り討ちにし、一挙に攘夷派を叩き潰すお考えなのですか」

「さすが察しがよいのう」

彦右衛門は微笑を湛えたまま、

「だが、義恕公の性分からいって、さような面倒なことはせぬ。真っ向勝負の人だからな。それゆえ……」

と懐から、一枚の文書を差し出した。

「これは、上様から預かった趣意書だ……蕃書調所頭取のおぬし宛てだ」

「趣意書……」

「この場で行われることは、上様が認めたものであり、義恕公は交渉の代理。しかも、取り仕切るのは古賀……おぬしだ」

「私めが……」

「さよう、つまりは尾張公の私的な面談ではなく、徳川家が正式に接待するということだ。むろん、幕閣が許したわけではないから、幕府の公式行事とは違う。しかし、

大きな一歩であることに間違いはない」

彦右衛門の言葉に古賀は身震いをした。

「務まりましょうか。さような大事な面談の差配が……」

「何を言うか。寛政の三博士と呼ばれた古賀精里を祖父に持つおぬしをおいて、適任は他におらぬ。のう杉田殿、おぬしも同席して下されば、鬼に金棒じゃ」

杉田に話を向けたが、少し神経質そうな様子で、

「結構でございますが、何分にシーボルト事件以来、沸き立った攘夷の思想は、ペリー来航からはますます激しさを増しております。学問しか能のない私たちにまで、脅威に感じ迫害をする者もいて、物騒でございます」

と、あまり気乗りしないようだった。

世の中を憂えてはいるが、我が身も大切だということだろう。むろん、彦右衛門は無理強いするつもりはない。

「されば古賀……」

かつての部下故、呼び捨てにしたが、彦右衛門は尊敬の念を露わにして、

「ハリスとの有意義な対面をどうか実現して下され。諸々の準備は、この大久保彦右衛門が承る。この場で無事に執り行われるよう万端整える」

「承知致しました。学問所の知恵を活(い)かして、メリケンの使者を迎えたいと存じます」

「だが、杉田殿も懸念(けねん)されるように、攘夷派の動きもある。決して、当日まで口外(こうがい)せぬように、よしなにな」

彦右衛門が頭を下げると、古賀は恐縮したように頷いた。杉田も深々と手をついて礼をしたが、鬱屈(うっくつ)したような表情は性分なのか、何か思惑があるのか、彦右衛門には理解できなかった。

七

年が明けてすぐに、蕃書調所は正式に開業することとなった。普請奉行や将軍納戸役を歴任した竹本主水正(たけもともんどのしょう)の九段下屋敷、さらに隣接(りんせつ)する大沢右京大夫(おおさわうきょうだゆう)の屋敷を合わせた千五百坪余りの広さである。

ハリスが江戸に来るのは船舶を使うが、幕府船手頭の向井将監(むかいしょうげん)を利用するわけにはいかない。そこで、尾張から、江戸藩邸に物資を届ける名目(めいもく)で船を出し、途中、下田に寄港して、密かに江戸に連れていくことにした。

諸藩には五百以上の船は建造すらできなかったが、御三家筆頭の尾張家には、大型の関船が七隻、御座船が十一隻、小早が六艘、他に浅瀬船などが三十艘近くあった。これらは主に、熱田沖で演習や催事に使われていたが、藩の物資を江戸に運ぶことは許されていた。

その日は――。

あいにく小雪がちらついており、手足が痺れるほど寒かった。

先に蕃書調所に到着していた徳川義恕は、大火鉢で暖を取りながら、ハリスがどのような風貌か想像していた。その傍らには、家老として田宮が控えており、番書調所の周辺には、学問所とは思えぬほどの警備がなされていた。

尾張公が特別に、頭取の古賀に教えを請うということで、屋敷から出向いてきたことになっていた。この場には、勝海舟もいた。番書調所設立に当たって、古賀とともに設立案を作って提出した仲である。

さらには、大久保家から龍太郎と拓馬も控えていた。肝心の彦右衛門がいないのは、ハリスの顔を知っている杉田と共に、築地の尾張藩中屋敷まで出迎えにいっているからだ。江戸湾に到着した船からは、小船に乗り換えて、一旦、築地の尾張屋敷で待機していた。

番書調所にて多くの学者や識者と対談した後、市ヶ谷門外の尾張藩上屋敷に移って、食事をして宿泊をして貰う。そして、事が上手く進めば、そのまま上様と対面するため、一緒に登城するという手筈になっている。

あくまでもハリスが江戸に来ているのを隠しているのは、攘夷派の動きを抑えるためであるが、将軍家定は承知していた。むろん、老中首座の堀田正睦には、当日、彦右衛門が知らせる段取りがついていた。

だが……すでに築地屋敷にハリスが到着しているという報せは届いていたが、未だに駕籠には乗っていないとのことだった。どうやら、体が窮屈で足を組むこともままならないとのことだった。

「日本に来てから、病がちで少し痩せたとのことですが、元々大柄な上に体が硬いとのことで……まさか、かようなことで躓くとは思ってもみませんでした」

状況を伝えにきた家臣は指示を仰いだが、江戸市中で馬に乗せるわけにもいかず、どうしたものかと考えていると、

「ご本人は歩いてでも来ると申しているようですが、この雪ですし、築地から九段まで、あの足では余計に無理かと存じます」

「ならば、こっちから行くしかないか」

義恕は言ったが、田宮は止めた。

「殿とふたりだけで会っても、それこそ攘夷派に疎まれるだけです。ここには洋学者が勢揃いですので、会談の証人となります。しかも明日、登城するとなると……」

市ヶ谷御門から九段下に至り、田安門から入れるよう手筈が整っているから、そこを避けるわけにはいかない。

「窮屈ですが我慢して頂くか、長持にでも入っていただきお運びするしかありますまい」

「さようなことをすれば、怒って破談になるのではないか」

などと、およそ国家の代表が面談するにしては下世話な対応が続いていた。

その頃、四谷の高須屋敷では――。

義比の前に控えた窪田が、築地屋敷の様子を伝えていた。実はかねてより、義恕の行動には密偵を張りつかせていたのである。

「ふはは……その程度のことだと思うておった……義恕も下手を踏んだな。これで、後はこっちの思うがまま」

「では、築地屋敷にて、ハリスを殺しましょうか。そこなら、番書調所より手薄です」

窪田が険しい目で言うと、義比は少し考えるように顎を撫で、

「いや。それでは、尾張がハリスを殺したことになってしまう。相手は通商の全権委任をされている正式な領事だ。危害を加えれば、メリケンが我が国を攻めてくる理由を与えることになってしまう」

「ならば、予定どおりに……」

「さよう。ハリスが尾張家の当主、義恕を殺す必要がある。さすれば、こっちが異国船を追っ払う大義ができる」

「はい……」

「その上で、ハリスを人殺しの咎人として、幕法にて裁く。いや、事と次第では国外追放にして、和親条約も破棄。この国の正義をもって、攘夷をさらに訴えられよう。庶民たちも怖い異国人を排除したがるに違いない。ふははは」

「しかし、どうやって……」

「義恕はなんとしても番書調所にハリスを連れてくるはず。そこを狙え……もし移動できぬままなら、それでも構わぬ。義恕を射とめてから、ハリスを捕まえろ。下手人としてな」

義比は確信を得たように大笑いするのであった。

だが、わずか半刻後——。

ハリスの姿は番書調所の大広間にあった。

豊かな金髪に、日本では見慣れない口髭を生やしたハリスは、にこやかな顔で義恕に握手を求めてきた。それが挨拶だと知っていた義恕だが、一瞬、躊躇った。義恕も偉丈夫だが、相手はさらに関取のように大きいからだ。

それでも義恕は、丁寧に出迎えた。

「駕籠が窮屈で入れなかったと聞きましたが」

義恕が尋ねると、拓馬がすぐに翻訳した。オランダ語、ポルトガル語、英語、中国語、朝鮮語などを独学で学んだだけだが、西洋文明にも詳しく、通訳としても遜色なかった。

「はは。実はあれは秘書兼通訳のヘンリー・ヒュースケンという奴でしてな。まだ二十五、六歳の若者なのに、体が硬くて」

拓馬が訳すと、義恕は苦笑しながらも、後ほど、その若者にも会いたいと言った。

ヒュースケンはオランダ人だが、単身アメリカに渡り、職を転々として貧しかったが、偶然、ハリスの通訳に採用されて日本に来たのだ。わずか四年後、攘夷派の薩摩藩士らによって殺される運命が待っていようとは、誰が知ろう。

「此度はかような窮屈な面談ではありますが、会えてよかった。明日はやはり非公式ではありますが、将軍家定公と会える手筈を整えておりますれば、今日は色々な話をし、親睦を重ねたいと存じます」

義恕が挨拶をすると、ハリスも笑顔で、

「私は日本に来る前に、清国やマニラにて商売をしておりました。ペリーが日本に来るときに同乗したかったのですが、軍人でないゆえ、叶いませんでした」

「そうでしたか」

「その頃から日本には憧れていたので、和親条約が結ばれた後、領事になりたいと政府に働きかけ、念願叶ったのです」

「そこまでして日本に来たかったのは、どうしてですか」

「日本は昔から、金銀銅がよく取れ、西洋では黄金の国と思われております。そして、鎖国はしておりますが、マニラにいる折、ポルトガル人やオランダ人、中国人などから日本の良さを聞き、米国と通商ができれば、もっとこの国も豊かになると思っていました」

落ち着いて穏やかな上に、親しみのある風貌と言葉の柔らかさは、自分が抱いていた異人とはまったく違っていたと、義恕は感じて、俄に仲睦まじい態度になった。

それに引きずられるように、番書調所の教授や門弟たちも通訳を交えず、次々と色々な質疑応答を始めた。なにしろ、番書調所には、語学や西洋学はもとより、数学、化学、物産学など多岐にわたって専門家がいる。長崎で学んだ者も多い。質問が多すぎて、逆にハリスの方がたじろぐくらいであった。

無理はない。ハリスは元々は商人であり、語学はフランス語やイタリア語など独学であり、化学や数学が得意なわけではないからだ。日本の学者たちが他の東洋の国と違って、学問に造詣が深いことに驚いた。

その分、学者といえども、西洋の歴史や文学などについては、ほとんど知らないので、人びとが交流をして、お互いの文化を学ぶべきだとハリスは話した。隠れキリシタンの不幸などを聞いて、涙する一幕もあった。

だが、どのような通商条約を取り決めればよいか、という話には、学者たちは意外と無関心でいた。つまり、〝お上〟が取り交わすことに、自分たちは従うという考えに、ハリスは驚いた。

「この国の仕組みについては、多少、調べてきております。帝がいて、将軍がいて、武士がいて、農民や商人ら町人がいる……でも、多くは庶民なのに、何も決められないのは、おかしいと思いませんか」

士農工商の身分制度と民主主義の違いを述べたいのだろうが、人は比較的自由に暮らしており、誰かに隷属（れいぞく）しているわけではない。確かに農民は土地を離れる自由を制限されているが、名主や百姓代などを中心として、決め事は〝入れ札〟という投票によって作られていく。

商売も原則として自由であり、米や油、薬など暮らしにとって重要なものは、商人たちが組合を作り鑑札を取得した問屋が商（あきな）う。間違いなく、節度をもって世の中にゆき渡るようにするためだ。人びとは決して、牛馬のような扱いに従わされているわけではない。

田宮はそう説明をして、洋学は制限されているが、学問の自由もあると話した。古くからある寺子屋の制度や各藩の学問所のことも伝え、武士は当然のこと下々の者たちも読み書き算盤（そろばん）はもとより、学びたい者には門戸が開かれている。学者たちの中にも、武士階級でない者も多いと伝えた。

「そのことは、下田にいたときにも感じていました。日本の人びとは争い事をあまりせず、秩序を保（たも）って暮らしていると」

ハリスは感銘を受けたと言ったが、田宮は逆に、その秩序を守るがために新しいことには躊躇する。だから、鎖国状態の国をなかなか開かないと話した。

「ですが、徳川将軍もここにおられる尾張公も必ずしも国を閉ざしたままでよいとは考えておりませぬ。事実、長崎からは様々な洋学や医学が入ってきておりました。それを民衆の手に届けるかどうかを、政を担う上の方々が考えているのです」

「なるほど。そうでしたか……実情は聞いてみないと分からないものですね」

「しかし、頑なに反対する武家もいる。その者たちは既得権益とやらを手放したくないだけだと、私は思っております」

田宮が明瞭に答えると、ハリスは納得し、できる限り平等で対等な条約を結ぶことを心がけたいと言った。

「まずは人民の利益に……これが我が国の考え方です」

「それならば、我が家の家訓にもあります」

龍太郎が横合いから声をかけた。

「民の利を先として、おのれの利を次にすること。恣に民から取るべからず、民貧しきときには君財なし」

「おお……！」

「将軍も諸国の大名の多くも、そう考えているはずですがね。だとすれば、民のために国を開くのは当然の理と存じます」

と龍太郎が自説を述べたとき、隣に座っていた拓馬が席を外した。龍太郎は「おや？」と見たが、他の学者たちは話に夢中で、さほど気にしていなかった。

拓馬は——中庭に降りると、そっと床下に潜り込んだ。

這うようにして奥に向かうと、丸まった背中を向けたままの人影があり、何やら細工をしようとしている。その傍らには小さな桶と導火線のような紐状のものが見える。

人影の手元には種火の入った香炉のようなものがチラリと見えた。

「そこで何をしているのですか、杉田様」

ふいに拓馬に声を掛けられて、人影は手元の香炉を落としてしまった。慌てて取り上げようとしたが、種火で指先を焼いたのか「アチッ」と手を放した。

その一瞬の隙に、拓馬は手にしていた刀を鞘ごと突き出して、杉田の足下を払った。

素早く腰を屈めたまま近づいた拓馬は、杉田の鳩尾を打ちつけた。呻いて苦しむのへ、拓馬は小声で言った。

「ハリスが来てから、どうも様子がおかしいと思っていたが、やはりな……私は火薬の匂いに敏感なのです」

「…………」

「俺はあなたを責める立場ではないが、上様とハリスの面談を訴えていたにしては、あまりにも酷い所業……ここは丁度、義恕公の真下。狙いは尾張公でしたか」

杉田は俄に「情けない……」と泣き崩れて、攘夷派の脅迫に怯えていたことを告白した。自分の娘や養子などの先々のことも考えてのことだと詫びた。

拓馬は黙って聞いていたが、事なきを得て安堵するのだった。生まれ付きひ弱だった杉田は、この二年後に病死している。

八

翌朝四つ——。

高麗門である田安御門を、徳川御三家筆頭・丸に葵の御紋の大きな駕籠がふたつ、通り過ぎようとした。尾張義恕の一行である。

そこに、徳川義比と数人の家臣が現れて、

「お待ちくだされ、義恕様」

と膝を折って座った。

この門の東西の地域は、御三卿の田安家と清水家が所有していたが、その昔は田安台と呼ばれた百姓地で、田安大明神があったのが門名の由来だ。田安家とは関わりない。

「何事じゃ」

前の駕籠の扉が開いて、義恕が顔を出した。

「なんだ、義比ではないか」

「江戸城九十二門は各藩や旗本が交代で門番を担っております。我が高須藩は今、田安御門を受け持っておりますので、駕籠改めを致したく存じます」

「尾張家を改めるというのか。御三家、御三卿は黙して礼をして通すのが慣例だが」

「されど、かような国難の折、城中で何かがあってはなりませぬ」

「無礼者。兄弟とて聞き捨てならぬぞ」

「職務に忠実だと思うてくだされ」

「情けない……兄の余を信じられぬとは……構わぬ、行け」

義恕が命じると、六尺たちは駕籠を担ぎ上げ、家臣たちも門内に入ろうとしたが、門番たちは義比の家臣である。そこには、窪田の顔も見えた。

「どうか、どうか。これは単なる儀礼でございます。後ろの駕籠の中を見せて下されば、それで宜しいのです」

と義比はあくまでも丁寧に言ったが、義恕はわずかに不愉快げに、

「――何故、後ろの駕籠が気になる」

「尾張公のお姫様でもおられるのでしょうか」

女駕籠ではないので、義比は明らかにハリスが乗っていると疑って、わざと述べたのだ。が、義恕は見せようとはせず、「無礼者」と叱りつけただけであった。

その怒声に近い声で、尾張藩の家臣たちと高須藩の家臣で門番たちも、緊張した顔で向かい合った。

ゆっくり立ち上がった義比は、

「さてもさても……よほど見られたら困る御仁が乗っているのでございまするな」

「…………」

「私の手の者の話では、尾張藩築地屋敷に異人が紛れ込んでいたとか……そして、義恕公肝煎りの番書調所にも、何やら異人がおって、昨夜は大層、盛り上がったとか」

「――知らぬ」

「その後、尾張藩上屋敷にまで接待し、お泊まりになったとか」

「誰がじゃ」

「そこまで言わせますか」

「確かに泊まった者は何人かおるが、二日酔いで参っておるゆえ、駕籠を出したまで」

「さようでございますか。ならば、何方が乗っているか、お顔を拝見するだけで宜しゅうございます。これ以上、拒むならば、職分をもって成し遂げるまでです」

「…………」

「如何致しまするか」

義恕は困ったように眉間に皺を寄せ、

「そこまで余を愚弄するとは……義比。おまえは見所があるゆえ、次の尾張藩主にと思うておったが、考え直さねばならぬな」

「熟慮しなければならないのは、兄上でございます」

あえて兄上と呼んで、義比は相手がまったく無視するのを確かめるや、

「構わぬ、開けい！」

と配下の門番に命じた。尾張藩士たちも身構えたが、素早く門番が、少し後ろに停まっている駕籠の扉を開けた。

すると——中から顔を出したのは、なんと彦右衛門だった。

「こ、これは……義比様……久しぶりに義恕公と会うて飲み過ぎて、この様じゃ」

「!?……何故、そこもとが……！」

「誰だと思うていたのですかな……二日酔いとは面目ないが、今日も御書院番勤めなのでな、義恕公に頼んで登城する次第……かような体たらくじゃが、どうかよしなに……上様にも堀田様にも内聞に」

哀れんで請うような彦右衛門の顔を、義比は唖然と見ていた。

「――ほ、他にはおらぬか……」

「は？　儂ひとりで窮屈じゃてな……いや、かようなところを面目ない……義恕公は悪うない。どうかご勘弁を……」

彦右衛門は申し訳なさそうに言ったが、義比は不満げに苛ついて、地面を踏みしめた。その義比に、彦右衛門は懐から、例の連判状を出して見せ、手招きをした。

「!?――」

目を見開いた義比に、彦右衛門はさらに手招きをして小声で言った。

「これは義恕公も知らぬこと。儂……いえ私が墓場まで持っていきます。あなた様も何処ぞの誰かに操られたということで、私も見なかったことにします」

「…………」

「それとも、このまま上様にお渡しして、騒動を起こしたいですかな。あなた様の名前は消せませせぬぞ」

「…………」

「どうか今後は、高須兄弟、仲良うして下され。私たちがどう足掻こうと、世の中は変わりつつあるのですからな」

彦右衛門が穏やかな目になると、義比は一歩下がって、義恕公の前に戻り、

「失礼をば致しました。ですが兄上……今後は二日酔いだからといって、御家中でない者を駕籠で登城させるのはご遠慮下され」

「相分かった。迷惑をかけたのう」

素の顔に戻った義恕の駕籠を、義比は溜息交じりで見送るしかなかった。

この年の十月――。

ハリスは正式に江戸城に登り、将軍家定に謁見し、米国大統領ピアースの親書を渡した。その後、幕府から全権を受けた下田奉行・井上清直と目付・岩瀬忠震が日米通商条約に向けて交渉を開始する。

だが、この年の六月には老中・阿部正弘が三十九歳の若さで急逝しており、老中首座の堀田正睦は幕閣の立て直しを図ったが、将軍継嗣問題と外交交渉問題が相まって、世の中は混乱した。堀田正睦が孝明天皇から受けるはずの条約勅許を得られず、諸大名から失策と非難された。急遽、彦根藩主の井伊直弼が大老になったが世の中の

混乱はさらに増し、後の世にいう〝安政の大獄〟が始まった。

　その混乱の中で、義恕は藩主を隠居謹慎の身となり、義比が尾張藩主となった。が、明治の世になっても、このふたりは新政府に関わることになる。

　とまれ、またぞろ何事もなく義恕とハリスの〝密会〟を成し遂げた彦右衛門は、緊張の糸が途切れたのか、自宅で寝て過ごすことが多くなった。

「ハリスを密かに登城させる手はあったが、ハリス当人がやはり正々堂々と国家を代表して会いたいから、別の機会にと辞し、密かに下田に戻ったのだ」

　彦右衛門が計らったと自慢したが、その折には、三人の息子の手を煩わせたことを、すっかり忘れているようだった。

「さようですか。それは結構な話ですが、父上……これを機に、長男の龍太郎に家督を譲ったら如何ですか」

　拓馬や猪三郎を始め、姉や妹たちがこぞって勧めたが、彦右衛門自身はまだ決断しかねていた。そんな態度の父親を、拓馬は辛辣に批判した。

「世の中は変わる。国を開かなければならない。既得権益にしがみつく幕閣は馬鹿だと罵りながら、父上はまだ大久保家の頭領でいたいのですか」

「何を言う。儂はおまえたちの行く末を見守るためにじゃな……」

「みな自立しております。とめも大奥女中として生きていくと決心したそうではありませぬか。百合という名も気に入って、瀧山様のご配慮で、此度は御台所様に付いたとも聞いておりますが」

「――まあ、ぼちぼち考えるわい。儂は腰が痛いだけじゃ……」

「ですから、もう無理はなさらず、私たち子供が頑張ります。そんなに頼りになりませぬか。世の中は変わってるのですよ」

「同じ事を何度も言うな」

「無理が祟って寝たきりになったら、母上が可哀想です」

横合いから猪三郎が言うと、長男の龍太郎も当然のように同意して、

「父上。ご意見番としては引き続き頑張っていただきとうございますが、どうか大久保家のことは私に任せて下さいませ」

と自ら説得にかかったとき、千鶴が「御免なさいませ」と入ってきて、

「睦美はまたぞろ妙な占い師によるナンタラ教に傾倒しているようですが、なんとかしてやって下さいませ」

「――そんなことは、女同士、おまえがどうにかせい」

「いいえ。私は今後一切、大久保家のことには口出し致しません。女ですから」

「なんだ、まだ怒っておるのか……」

「とんでもありません。あなた様のおっしゃるとおりだと思います。私はこれにて失礼致しますれば、後のことは龍太郎たちが何とかして下さるでしょう」

「なに……なんだと言うのだ」

「今日を限りに大久保家と縁を切らせて頂きます。実家に帰らせて頂きます」

千鶴がキッパリというと、三人の息子たちも唖然と見やった。彦右衛門も懸命に起き上がって何か言おうとしたが、激痛が全身を貫いたのか、「アタタタ」と情けない声を漏らして布団に倒れた。

「どうか、お大事になさって下さいまし」

立ち上がった千鶴は、裾を巻き上げるようにして去っていった。

「ま、待て……待て、千鶴……何をそんなに怒っているのだ……訳が分からぬ」

彦右衛門は手を伸ばすように喘いだが、千鶴が部屋に戻ってくることはなかった。

子供たちは大笑いをして、

「父上……天下国家のことよりも、家中の動乱を収めた方が宜しいようですな」

「ば、馬鹿も休み休み……イテテテ」

「ですから、政は私たちに任せて、父上は母上との和平交渉をした方が宜しいかと存じます。そのためなら、〝我ら子供は幾らでも手をお貸し致しますぞ」

龍太郎の言葉に、拓馬と猪三郎も賛同し、姉や妹たちにも助けを求めると断言した。

励ましているつもりだが、彦右衛門は必死に痛みに耐える顔をしながら、

「まだまだ……儂にはまだまだ……この国の行く末を見守る責務が……ゴホゴホ」

「責務よりも咳（せき）を治して下さい。近頃、よく出ておりますからな」

子供たちの心配を尻目に、彦右衛門は「千鶴、お願いだ。待ってくれえ」と必死に手を伸ばし続けていた。

この一件から俄に世の中は物騒になり、井伊直弼が大老になって後、さらに騒乱が表立ってきて、かの〝桜田門外の変〟が起こるような世相に傾いていくのであった。

そんな世の中だからこそ、大久保家の人びとは絆（きずな）を深めなければならぬのだが、はてさて〝大黒柱〟の千鶴を失えばどうなるのか。やはり家督はもう長男に譲った方がよいのか。彦右衛門の心は今日も安まらない。

井川香四郎　著作リスト

	作品名	出版社名	出版年月	判型	備考
1	『飛蝶幻殺剣』	廣済堂出版 光文社	〇三年十月 一六年四月	廣済堂文庫 光文社文庫	※『おっとり聖四郎事件控一』に改題
2	『飛燕斬忍剣』	廣済堂出版 光文社	〇四年二月 一六年五月	廣済堂文庫 光文社文庫	※『おっとり聖四郎事件控二　情けの露』に改題
3	『くらがり同心裁許帳』	ＫＫベストセラーズ	〇四年五月	ベスト時代文庫	
4	『晴れおんな　くらがり同心裁許帳』	ＫＫベストセラーズ	〇四年七月	ベスト時代文庫	

	5	6	7	8	9	10
書名	『縁切り橋　くらがり同心裁許帳』	『おっとり聖四郎事件控　あやめ咲く』	『逃がして候　洗い屋十兵衛　江戸日和』	『無念坂　くらがり同心裁許帳』	『けんか凧　暴れ旗本八代目』	『まよい道　くらがり同心裁許帳』
出版社	KKベストセラーズ	廣済堂出版　光文社	双葉社　徳間書店	KKベストセラーズ	徳間書店	KKベストセラーズ
刊行	〇四年十月	〇四年十月	〇四年十二月　一一年三月	〇五年一月	〇五年四月	〇五年四月
文庫	ベスト時代文庫	廣済堂文庫　光文社文庫	双葉文庫　徳間文庫	ベスト時代文庫	徳間文庫	ベスト時代文庫
備考		※『おっとり聖四郎事件控　あやめ咲く』に改題				

No.	書名	出版社	刊行年月	文庫	備考
11	『ふろしき同心御用帳　恋の橋、桜の闇』	学習研究社 光文社	〇五年五月 一七年十月	学研M文庫 光文社文庫	※『ふろしき同心御用帳』に改題
12	『恋しのぶ　洗い屋十兵衛　江戸日和』	双葉社 徳間書店	〇五年六月 一一年五月	双葉文庫 徳間文庫	
13	『刀剣目利き神楽坂咲花堂　秘する花』	祥伝社	〇五年九月	祥伝社文庫	
14	『ふろしき同心御用帳　情け川、菊の雨』	学習研究社 光文社	〇五年九月 一七年十一月	学研M文庫 光文社文庫	※『ふろしき同心御用帳二　銀杏散る』に改題
15	『見返り峠　くらがり同心裁許帳』	KKベストセラーズ	〇五年九月	ベスト時代文庫	
16	『天翔る　暴れ旗本八代目』	徳間書店	〇五年十一月	徳間文庫	

	書名	出版社	出版年月	文庫	
17	『残りの雪　くらがり同心裁許帳』	KKベストセラーズ	〇六年一月	ベスト時代文庫	
18	『刀剣目利き神楽坂咲花堂　御赦免花』	祥伝社	〇六年二月	祥伝社文庫	
19	『船手奉行うたかた日記　いのちの絆』	幻冬舎	〇六年二月	幻冬舎文庫	
20	『遠い陽炎　洗い屋十兵衛　江戸日和』	双葉社 徳間書店	〇六年三月 一一年七月	双葉文庫 徳間文庫	
21	『刀剣目利き神楽坂咲花堂　百鬼の涙』	祥伝社	〇六年四月	祥伝社文庫	
22	『泣き上戸　くらがり同心裁許帳』	KKベストセラーズ	〇六年五月	ベスト時代文庫	

23	24	25	26	27	28
『ふろしき同心御用帳 残り花、風の宿』	『はぐれ雲 暴れ旗本八代目』	『刀剣目利き神楽坂咲花堂 未練坂』	『船手奉行うたかた日記 巣立ち雛』	『大川桜吹雪 金四郎はぐれ行状記』	『落とし水 おっとり聖四郎事件控』
学習研究社 光文社	徳間書店	祥伝社	幻冬舎	双葉社	廣済堂出版 光文社
〇六年五月 一七年十二月	〇六年六月	〇六年九月	〇六年十月	〇六年十月	〇六年十月 一六年七月
学研M文庫 光文社文庫	徳間文庫	祥伝社文庫	幻冬舎文庫	双葉文庫	廣済堂文庫 光文社文庫
※『ふろしき同心御用帳三 口は災いの友』に改題					※『おっとり聖四郎事件控四 落とし水』に改題

29	30	31	32	33	34
『荒鷹の鈴　暴れ旗本八代目』	『冬の蝶　梟与力吟味帳』	『権兵衛はまだか　くらがり同心裁許帳』	『仕官の酒　とっくり官兵衛酔夢剣』	『船手奉行うたかた日記　ため息橋』	『刀剣目利き神楽坂咲花堂　恋芽吹き』
徳間書店	講談社	ＫＫベストセラーズ	二見書房	幻冬舎	祥伝社
〇六年十一月	〇六年十二月	〇六年十二月	〇七年一月	〇七年二月	〇七年二月
徳間文庫	講談社文庫	ベスト時代文庫	二見時代小説文庫	幻冬舎文庫	祥伝社文庫

35	36	37	38	39	40
『ふろしき同心御用帳　花供養』	『刀剣目利き神楽坂咲花堂　あわせ鏡』	『おっとり聖四郎事件控　鷹の爪』	『山河あり　暴れ旗本八代目』	『仇の風　金四郎はぐれ行状記』	『日照り草　梟与力吟味帳』
学習研究社 光文社	祥伝社	廣済堂出版 光文社	徳間書店	双葉社	講談社
〇七年三月 一八年一月	〇七年四月	〇七年四月 一六年八月	〇七年五月	〇七年六月	〇七年七月
学研M文庫 光文社文庫	祥伝社文庫	廣済堂文庫 光文社文庫	徳間文庫	双葉文庫	講談社文庫
※『ふろしき同心御用帳四　花供養』に改題		※『おっとり聖四郎事件控五　鷹の爪』に改題			

41	『彩り河　くらがり同心裁許帳』	ＫＫベストセラーズ	〇七年八月	ベスト時代文庫	
42	『刀剣目利き神楽坂咲花堂　千年の桜』	祥伝社	〇七年九月	祥伝社文庫	
43	『ふろしき同心御用帳　三分の理』	学習研究社 光文社	〇七年九月 一八年二月	学研M文庫 光文社文庫	※『ふろしき同心御用帳五　三分の理』に改題
44	『天狗姫　おっとり聖四郎事件控』	廣済堂出版 光文社	〇七年九月 一六年九月	廣済堂文庫 光文社文庫	※『おっとり聖四郎事件控六　天狗姫』に改題
45	『ちぎれ雲　とっくり官兵衛酔夢剣』	二見書房	〇七年十月	二見時代小説文庫	
46	『不知火の雪　暴れ旗本八代目』	徳間書店	〇七年十一月	徳間文庫	

47	48	49	50	51	52
『月の水鏡　くらがり同心裁許帳』	『冥加の花　金四郎はぐれ行状記』	『忍冬　梟与力吟味帳』	『呑舟の魚　ふろしき同心御用帳』	『花詞　梟与力吟味帳』	『刀剣目利き神楽坂咲花堂　閻魔の刀』
KKベストセラーズ	双葉社	講談社	学習研究社 光文社	講談社	祥伝社
〇七年十二月	〇七年十二月	〇八年二月	〇八年二月 一八年三月	〇八年四月	〇八年四月
ベスト時代文庫	双葉文庫	講談社文庫	学研M文庫 光文社文庫	講談社文庫	祥伝社文庫
			※『ふろしき同心御用帳六　呑舟の魚』に改題		

53	『ひとつぶの銀　ほろり人情浮世橋』	竹書房	〇八年五月	竹書房時代小説文庫	
54	『雪の花火　梟与力吟味帳』	講談社	〇八年五月	講談社文庫	
55	『斬らぬ武士道　とっくり官兵衛酔夢剣』	二見書房	〇八年六月	二見時代小説文庫	
56	『金底の歩　成駒の銀蔵捕物帳』	角川春樹事務所	〇八年六月	ハルキ文庫	
57	『船手奉行うたかた日記　咲残る』	幻冬舎	〇八年六月	幻冬舎文庫	
58	『怒濤の果て　暴れ旗本八代目』	徳間書店	〇八年八月	徳間文庫	

No.	書名	出版社	刊行	文庫	備考
59	『高楼の夢　ふろしき同心御用帳』	学習研究社 光文社	〇八年九月 一八年四月	学研M文庫 光文社文庫	※『ふろしき同心御用帳七　高楼の夢』に改題
60	『秋螢　くらがり同心裁許帳』	KKベストセラーズ	〇八年九月	ベスト時代文庫	
61	『甘露の雨　おっとり聖四郎事件控』	廣済堂出版 光文社	〇八年十月 一六年十月	廣済堂文庫 光文社文庫	※『おっとり聖四郎事件控七　甘露の雨』に改題
62	『もののけ同心　ほろり人情浮世橋』	竹書房	〇八年十一月	竹書房時代小説文庫	
63	『刀剣目利き神楽坂咲花堂　写し絵』	祥伝社	〇八年十二月	祥伝社文庫	
64	『海灯り　金四郎はぐれ行状記』	双葉社	〇九年一月	双葉文庫	

65	『海峡遥か　暴れ旗本八代目』	徳間書店	〇九年二月	徳間文庫	
66	『赤銅の峰　暴れ旗本八代目』	徳間書店	〇九年三月	徳間文庫	
67	『菜の花月　おっとり聖四郎事件控』	廣済堂出版 光文社	〇九年四月 一六年十一月	廣済堂文庫 光文社文庫	※『おっとり聖四郎事件控八　菜の花月』に改題
68	『それぞれの忠臣蔵』	角川春樹事務所	〇九年六月	ハルキ文庫	
69	『鬼雨　梟与力吟味帳』	講談社	〇九年六月	講談社文庫	
70	『船手奉行うたかた日記　花涼み』	幻冬舎	〇九年六月	幻冬舎文庫	

番号	書名	出版社	刊行年月	文庫	
71	『刀剣目利き神楽坂咲花堂　鬼神の一刀』	祥伝社	〇九年七月	祥伝社文庫	
72	『科戸の風　梟与力吟味帳』	講談社	〇九年九月	講談社文庫	
73	『紅の露　梟与力吟味帳』	講談社	〇九年十一月	講談社文庫	
74	『雁だより　金四郎はぐれ行状記』	双葉社	〇九年十二月	双葉文庫	
75	『ぼやき地蔵　くらがり同心裁許帳』	KKベストセラーズ	一〇年一月	ベスト時代文庫	
76	『嫁入り桜　暴れ旗本八代目』	徳間書店	一〇年二月	徳間文庫	

82	81	80	79	78	77
『おかげ参り　天下泰平かぶき旅』	『はなれ銀　成駒の銀蔵捕物帳』	『万里の波　暴れ旗本八代目』	『風の舟唄　船手奉行うたかた日記』	『惻隠の灯　梟与力吟味帳』	『鬼縛り　天下泰平かぶき旅』
祥伝社	角川春樹事務所	徳間書店	幻冬舎	講談社	祥伝社
一〇年十月	一〇年九月	一〇年八月	一〇年六月	一〇年五月	一〇年四月
祥伝社文庫	ハルキ文庫	徳間文庫	幻冬舎文庫	講談社文庫	祥伝社文庫

No.	書名	出版社	刊行年月	文庫	
83	『契り杯　金四郎はぐれ行状記』	双葉社	一〇年十一月	双葉文庫	
84	『釣り仙人　くらがり同心裁許帳』	KKベストセラーズ	一一年一月	ベスト時代文庫	
85	『男ッ晴れ　樽屋三四郎言上帳』	文藝春秋	一一年三月	文春文庫	
86	『三人羽織　梟与力吟味帳』	講談社	一一年三月	講談社文庫	
87	『ごうつく長屋　樽屋三四郎言上帳』	文藝春秋	一一年四月	文春文庫	
88	『まわり舞台　樽屋三四郎言上帳』	文藝春秋	一一年五月	文春文庫	

番号	書名	出版社	刊行年月	文庫	
89	『天守燃ゆ　暴れ旗本八代目』	徳間書店	一一年六月	徳間文庫	
90	『闇夜の梅　梟与力吟味帳』	講談社	一一年七月	講談社文庫	
91	『栄華の夢　暴れ旗本御用斬り』	徳間書店	一一年八月	徳間文庫	
92	『花の本懐　天下泰平かぶき旅』	祥伝社	一一年九月	祥伝社文庫	
93	『海賊ヶ浦　船手奉行うたかた日記』	幻冬舎	一一年十月	幻冬舎文庫	
94	『月を鏡に　樽屋三四郎言上帳』	文藝春秋	一一年十一月	文春文庫	

No.	書名	出版社	刊行年月	文庫
95	『龍雲の群れ　暴れ旗本御用斬り』	徳間書店	一一年十二月	徳間文庫
96	『吹花の風　梟与力吟味帳』	講談社	一一年十二月	講談社文庫
97	『福むすめ　樽屋三四郎言上帳』	文藝春秋	一二年一月	文春文庫
98	『てっぺん　幕末繁盛記』	祥伝社	一二年二月	祥伝社文庫
99	『土下座侍　くらがり同心裁許帳』	KKベストセラーズ	一二年三月	ベスト時代文庫
100	『ぼうふら人生　樽屋三四郎言上帳』	文藝春秋	一二年四月	文春文庫

101	102	103	104	105	106
『虎狼吼える　暴れ旗本御用斬り』	『召し捕ったり！　しゃもじ同心捕物帳』	『片棒　樽屋三四郎言上帳』	『ホトガラ彦馬　写真探偵開化帳』	『からくり心中　洗い屋十兵衛　影捌き』	『千両船　幕末繁盛記・てっぺん』
徳間書店	学習研究社 徳間書店	文藝春秋	講談社	徳間書店	祥伝社
一二年四月	一二年四月 一五年十二月	一二年七月	一二年七月	一二年八月	一二年十月
徳間文庫	学研M文庫 徳間文庫	文春文庫	講談社文庫	徳間文庫	祥伝社文庫

107	108	109	110	111	112
『蔦屋でござる』	『雀のなみだ　樽屋三四郎言上帳』	『うだつ屋智右衛門縁起帳』	『泣きの剣　船手奉行さざなみ日記　二』	『暴れ旗本御用斬り　黄金の峠』	『夢が疾る　樽屋三四郎言上帳』
二見書房	文藝春秋	光文社	幻冬舎	徳間書店	文藝春秋
一二年十一月	一二年十一月	一二年十二月	一二年十二月	一三年二月	一三年三月
二見時代小説文庫	文春文庫	光文社文庫	幻冬舎文庫	徳間文庫	文春文庫

113	『雲海の城　暴れ旗本御用斬り』	徳間書店	一三年五月	徳間文庫
114	『海光る　船手奉行さざなみ日記　二』	幻冬舎	一三年六月	幻冬舎文庫
115	『長屋の若君　樽屋三四郎言上帳』	文藝春秋	一三年七月	文春文庫
116	『恋知らず　うだつ屋智右衛門縁起帳　二』	光文社	一三年八月	光文社文庫
117	『隠し神　洗い屋十兵衛　影捌き』	徳間書店	一三年十月	徳間文庫
118	『かっぱ夫婦　樽屋三四郎言上帳』	文藝春秋	一三年十月	文春文庫

119	『鉄の巨鯨　幕末繁盛記・てっぺん』	祥伝社	一三年十二月	祥伝社文庫	
120	『おかげ横丁　樽屋三四郎言上帳』	文藝春秋	一四年三月	文春文庫	
121	『飯盛り侍』	講談社	一四年六月	講談社文庫	
122	『天保百花塾』	ＰＨＰ研究所	一四年七月	ＰＨＰ文芸文庫	
123	『狸の嫁入り　樽屋三四郎言上帳』	文藝春秋	一四年七月	文春文庫	
124	『魂影　戦国異忍伝』	徳間書店	一四年八月	徳間文庫	

125	126	127	128	129	130
『かもねぎ神主禊ぎ帳』	『飯盛り侍　鯛評定』	『近松殺し　樽屋三四郎言上帳』	『もんなか紋三捕物帳』	『くらがり同心裁許帳　精選版一』	『取替屋　新・神楽坂咲花堂』
KADOKAWA	講談社	文藝春秋	徳間書店	光文社	祥伝社
一四年十一月	一四年十二月	一五年二月	一五年三月	一五年三月	一五年三月
角川文庫	講談社文庫	文春文庫	徳間時代小説文庫	光文社文庫	祥伝社文庫
			「紋三」第一弾	※再編集	

131	132	133	134	135	136
『菖蒲侍　江戸人情街道』	『くらがり同心裁許帳　精選版二　縁切り橋』	『ちゃんちき奉行　もんなか紋三捕物帳』	『くらがり同心裁許帳　精選版三　夫婦日和』	『ふろしき同心　江戸人情裁き』	『くらがり同心裁許帳　精選版四　見返り峠』
実業之日本社	光文社	双葉社	光文社	実業之日本社	光文社
一五年四月	一五年四月	一五年五月	一五年五月	一五年六月	一五年六月
実業之日本社文庫	光文社文庫	双葉文庫	光文社文庫	実業之日本社文庫	光文社文庫
	※再編集	「紋三」第二弾	※再編集		※再編集

No.	書名	出版社	刊行	文庫	備考
137	『じゃこ天狗　もんなか紋三捕物帳』	廣済堂出版	一五年六月	廣済堂文庫	「紋三」第三弾
138	『くらがり同心裁許帳　精選版五　花の御殿』	光文社	一五年七月	光文社文庫	※再編集
139	『賞金稼ぎ　もんなか紋三捕物帳』	徳間書店	一五年七月	徳間時代小説文庫	「紋三」第四弾
140	『くらがり同心裁許帳　精選版六　彩り河』	光文社	一五年八月	光文社文庫	※再編集
141	『高砂や　樽屋三四郎言上帳』	文藝春秋	一五年八月	文春文庫	
142	『幕末スパイ戦争』	徳間書店	一五年八月	徳間時代小説文庫	※アンソロジー

143	144	145	146	147	148
『くらがり同心裁許帳　精選版七　ぼやき地蔵』	『くらがり同心裁許帳　精選版八　裏始末御免』	『恵みの雨　かもねぎ神主禊ぎ帳2』	『飯盛り侍　城攻め猪』	『湖底の月　新・神楽坂咲花堂』	『九尾の狐　もんなか紋三捕物帳』
光文社	光文社	KADOKAWA	講談社	祥伝社	徳間書店
一五月九月	一五月十月	一五月十月	一五月十一月	一五年十二月	一六年一月
光文社文庫	光文社文庫	角川文庫	講談社文庫	祥伝社文庫	徳間時代小説文庫
※再編集	※再編集				「紋三」第五弾

149	150	151	152	153	154
『飯盛り侍　すっぽん天下』	『欣喜の風』	『人情そこつ長屋 寅右衛門どの江戸日記』	『桃太郎姫　もんなか紋三捕物帳』	『洗い屋　もんなか紋三捕物帳』	『御三家が斬る！』
講談社	祥伝社	文藝春秋	実業之日本社	徳間書店	講談社
一六年二月	一六年三月	一六年八月	一六年八月	一六年九月	一六年十月
講談社文庫	祥伝社文庫	文春文庫	実業之日本社文庫	徳間時代小説文庫	講談社文庫
	※アンソロジー		「紋三」第六弾	「紋三」第七弾	

No.	書名	出版社	刊行年月	判型・文庫	備考
155	『大義賊　もんなか紋三捕物帳』	双葉社	一六年十一月	双葉文庫	「紋三」第八弾
156	『芝浜しぐれ　寅右衛門どの江戸日記』	文藝春秋	一六年十二月	文春文庫	
157	『別子太平記　愛媛新居浜別子銅山物語』	徳間書店	一七年五月	四六判上製	
	『別子太平記　上　愛媛新居浜別子銅山物語』	徳間書店	二〇年九月	徳間時代小説文庫	※上下巻に分冊
	『別子太平記　下　愛媛新居浜別子銅山物語』	徳間書店	二〇年九月	徳間時代小説文庫	※上下巻に分冊
158	『大名花火　寅右衛門どの江戸日記』	文藝春秋	一七年五月	文春文庫	
159	『御三家が斬る！　殺しの鬼棲む妻籠宿』	講談社	一七年六月	講談社文庫	

No.	書名	出版社	刊行	文庫	備考
160	『千両仇討　寅右衛門どの江戸日記』	文藝春秋	一七年八月	文春文庫	
161	『守銭奴　もんなか紋三捕物帳』	徳間書店	一七年十二月	徳間時代小説文庫	「紋三」第九弾
162	『桃太郎姫七変化　もんなか紋三捕物帳』	実業之日本社	一八年二月	実業之日本社文庫	「紋三」第十弾
163	『殿様推参　寅右衛門どの江戸日記』	文藝春秋	一八年二月	文春文庫	
164	『暴れん坊将軍　江戸城乗っ取り』	KADOKAWA	一八年八月	角川文庫	
165	『暴れん坊将軍　獄中の花嫁』	KADOKAWA	一八年九月	角川文庫	

番号	書名	出版社	刊行年月	判型・文庫	備考
166	『首無し女中　もんなか紋三捕物帳』	双葉社	一八年十月	双葉文庫	「紋三」第十一弾
167	『暴れん坊将軍　盗賊の涙』	KADOKAWA	一八年十月	角川文庫	
168	『かげろうの恋　もんなか紋三捕物帳』	光文社	一八年十二月	光文社文庫	「紋三」第十二弾
169	『泣かせ川　もんなか紋三捕物帳』	徳間書店	一九年一月	徳間時代小説文庫	「紋三」第十三弾
170	『桃太郎姫恋泥棒　もんなか紋三捕物帳』	実業之日本社	一九年二月	実業之日本社文庫	「紋三」第十四弾
171	『島津三国志』	徳間書店	一九年九月 二二年九月	四六判上製 徳間時代小説文庫	

172	173	174	175	176	177
『ご隠居は福の神　1』	『桃太郎姫　暴れ大奥』	『ご隠居は福の神　2　幻の天女』	『ご隠居は福の神　3　いたち小僧』	『桃太郎姫　望郷はるか』	『ご隠居は福の神　4　いのちの種』
二見書房	実業之日本社	二見書房	二見書房	実業之日本社	二見書房
一九年十月	一九年十二月	二〇年二月	二〇年六月	二〇年八月	二〇年十月
二見時代小説文庫	実業之日本社文庫	二見時代小説文庫	二見時代小説文庫	実業之日本社文庫	二見時代小説文庫

183	182	181	180	179	178
『桃太郎姫　百万石の陰謀』	『番所医はちきん先生休診録』	『ご隠居は福の神　5　狸穴の夢』	『千年花嫁　京神楽坂咲花堂』	『百年の仇　くらがり同心裁許帳』	『暴れ旗本天下御免』
実業之日本社	幻冬舎	二見書房	祥伝社	光文社	徳間書店
二一年六月	二一年六月	二一年三月	二一年三月	二一年一月	二〇年十二月
実業之日本社文庫	幻冬舎時代小説文庫	二見時代小説文庫	祥伝社文庫	光文社時代小説文庫	徳間時代小説文庫

184	『ご隠居は福の神　6　砂上の将軍』	二見書房	二一年七月	二見時代小説文庫	
185	『逢魔が時三郎』	コスミック出版	二一年八月	コスミック・時代文庫	
186	『殿様商売　暴れ旗本天下御免』	徳間書店	二一年九月	徳間時代小説文庫	
187	『優しい嘘　くらがり同心裁許帳』	光文社	二一年九月	光文社時代小説文庫	
188	『ご隠居は福の神　7　狐の嫁入り』	二見書房	二一年十二月	二見時代小説文庫	
189	『眠らぬ猫　番所医はちきん先生休診録　二』	幻冬舎	二一年十二月	幻冬舎時代小説文庫	

190	191	192	193	194	195
『熊本城の罠　城下町奉行日記』	『熊本・文楽の里　城下町事件記者』	『ご隠居は福の神　8　赤ん坊地蔵』	『後家の一念　くらがり同心裁許帳』	『散華の女　番所医はちきん先生休診録　3』	『ご隠居は福の神　9　どくろ夫婦』
小学館	小学館	二見書房	光文社	幻冬舎	二見書房
二二年一月	二二年一月	二二年三月	二二年五月	二二年六月	二二年七月
小学館時代小説文庫	小学館文庫	二見時代小説文庫	光文社時代小説文庫	幻冬舎時代小説文庫	二見時代小説文庫

196	197	198	199	200	201
『花の筏　番所医はちきん先生休診録　4』	『与太郎侍』	『逢魔が時三郎　誇りの十手』	『歌麿の娘　浮世絵おたふく三姉妹』	『ご隠居は福の神　10　そこにある幸せ』	『与太郎侍　江戸に花咲く』
幻冬舎	集英社	コスミック出版	実業之日本社	二見書房	集英社
二二年七月	二二年八月	二二年九月	二二年十月	二二年十一月	二二年十二月
幻冬舎時代小説文庫	集英社文庫	コスミック・時代文庫	実業之日本社文庫	二見時代小説文庫	集英社文庫

202	203	204	205	206	207
『大久保家の人びと 直参旗本の娘の結婚』	『悪い奴ら 番所医はちきん先生休診録 5』	『ご隠居は福の神 11 八卦良い』	『ご隠居は福の神 12 罠には罠』	『罠の恋文 番所医はちきん先生休診録 6』	『大久保家の人びと 人を欺くなかれ』
徳間書店	幻冬舎	二見書房	二見書房	幻冬舎	徳間書店
二三年一月	二三年一月	二三年二月	二三年六月	二三年十二月	二四年四月
徳間時代小説文庫	幻冬舎時代小説文庫	二見時代小説文庫	二見時代小説文庫	幻冬舎時代小説文庫	徳間時代小説文庫

この作品は徳間文庫のために書下されました。

徳間文庫

大久保家の人びと

天下動乱の父子獅子

2024年4月15日　初刷

著者　井川香四郎

発行者　小宮英行

発行所　株式会社徳間書店

東京都品川区上大崎三-一-一　〒141-8202
目黒セントラルスクエア

電話　編集〇三(五四〇三)四三四九
　　　販売〇四九(二九三)五五二一

振替　〇〇一四〇-〇-四四三九二

印刷
製本　大日本印刷株式会社

ISBN978-4-19-894936-5　(乱丁、落丁本はお取りかえいたします)